AF747786

www.ingramcontent.com/pod-product-compliance
Lightning Source LLC
LaVergne TN
LVHW010801051026
849532LV00007B/2425
* 9 7 8 9 3 6 9 0 8 2 0 5 6 *

منتخب اردو افسانے

(حصہ : ٦)

مرتبہ:

سید حیدرآبادی

Muntakhab Urdu Afsane - Part:6 *(Short Stories Anthology)*
by: Syed Hyderabadi
Edition: March '2025
Publisher :
Taemeer Publications LLC (Michigan, USA / Hyderabad, India)

ISBN 978-93-6908-205-6

9 789369 082056

کتاب	:	**منتخب اردو افسانے (حصہ:6)**
ترتیب و تدوین	:	**سید حیدرآبادی**
صنف	:	فکشن
ناشر	:	تعمیر پبلی کیشنز (حیدرآباد، انڈیا)
سالِ اشاعت	:	۲۰۲۵ء
صفحات	:	۱۵۰
سرورق ڈیزائن	:	تعمیر ویب ڈیزائن

فہرست

ٹوٹتے بکھرتے فیصلے

سلمیٰ جیلانی

عجیب درد تھا۔۔۔ کسی آکاس بیل کی طرح فراز کو نچوڑتا چلا جا رہا تھا۔ دنوں میں ہی ان کی حالت برسوں کے مریض جیسی ہو چلی تھی۔ ٹانگ میں کرنٹ کی طرح پھیلنے والے درد کی شکایت تو وہ گزشتہ کئی دن سے کر رہے تھے مگر وائے ری میری مصروفیت۔ بس آرتھوپیڈک کے پاس جانے کا مشورہ دیتی اور پھر اپنے حد سے بڑھے ہوئے مصروف روٹین میں غرق ہو جاتی۔

اسی دوران فراز کے بھائی ڈاکٹر نواز مشرق وسطیٰ سے چھٹیاں گزارنے چلے آئے۔ انہوں نے جو یہ حال دیکھا تو اپنے ساتھ کسی بڑے سپیشلسٹ کو دکھانے لے گئے جس نے بستر سے ہلنے کو ہی منع کر دیا۔ یہ درد عرق النساء کی انتہائی شکل تھی جو ریڑھ کی ہڈی کے سرے کی باریک سی ہڈیوں میں سے ایک کے اپنی جگہ سے ہٹ جانے کی بناء پر پیدا ہو رہا تھا۔

اسپیشلسٹ نے ہدایت کی اگر آرام نہ کیا تو آپریشن ہی آخری حل ہو گا۔۔۔

"آپریشن۔۔۔ وہ کیسے ہو سکتا ہے"۔ ابا جی جو آنگن میں لگے پودوں کو پانی دینے میں مصروف تھے چونک کر بولے۔۔۔ "نہیں نہیں۔۔۔ ابا جی ہم کوئی اور بات کر رہے ہیں۔۔۔ میں آرام کر لوں گا" فراز گھبرا گئے۔ ابا جی کا کہا ٹالنا انہوں نے سیکھا ہی نہ تھا۔۔۔

حالانکہ سبھی واقف تھے۔ آرام ان کے بس کی بات نہیں۔ ان کی بے چین طبیعت اور تین بچوں کے باپ ہونے کی ذمہ داری جس میں عمو تو ابھی صرف چھ ماہ ہی کا تھا۔۔۔ ہر وقت ادھر ادھر بھگائے رکھتا۔ پھر دکان بھی مستقل بند نہیں کی جا سکتی تھی۔ غرض یہ کہ فراز کی بستر پر لیٹ کر درد بھگانے کی کوشش بری طرح ناکام ہو گئی تھی اور ان کی تکلیف میں روز افزوں اضافہ ہو رہا تھا۔

ان کی بیماری نے مجھے بھی گھن چکر بنا کر رکھ دیا۔ کام کا دباؤ اور پریشانی حد سے زیادہ بڑھ گئی۔ دونوں بچیوں کو کبھی رکشے اور کبھی ٹیکسی سے سکول پہنچاتے ہوئے خود اپنے سکول جاتی جہاں پچھلے کئی سال سے ٹیچر کے فرائض نبھا رہی تھی۔ ننھے عمو کو گھر پر ساس کی نگرانی میں ایک ماسی کے حوالے کر جاتی، کریانے کی دکان سے برائے نام ہی آمدنی رہ گئی تھی۔ گو ہمارا پرانا اور وفادار ملازم اچھی طرح چلانے کی اپنی سی کوشش کر رہا تھا۔

آج بھی کلاس کے بعد سر جھکائے بچوں کا ہوم ورک چیک کرنے میں لگی تھی۔۔۔ میرے چہرے پر پریشانی کے آثار کھلی کتاب کی مانند آسانی سے پڑھے جا سکتے تھے۔

اگرچہ میری لیے دیئے رہنے کی عادت ہر جگہ آڑے آجاتی لیکن پھر بھی سینئر ٹیچر مسز رفعت سے رہا نہ گیا۔ وہ بے اختیار بول اٹھیں "میں کئی دن سے نوٹ کر رہی ہوں سیما کہ تم کافی پریشان ہو۔۔۔ کیا بات ہے"۔ اپنے سامنے کسی ہمدرد کو پا کر تو جیسے ضبط کے سارے بندھن ٹوٹ گئے اور میں نے پھپک کر رونا شروع کر دیا۔ مسز رفعت نے مجھے پانی پلایا۔ جب حالت ذرا سنبھلی تو فراز کی تکلیف دہ کیفیت ان کے گوش گزار کی۔

وہ پریشان ہو کر بولیں "سیما اگر ڈاکٹر نے آپریشن تجویز کیا ہے تو اس میں دیر نہ کرو۔۔۔ میں تمھیں اس لئے کہہ رہی ہوں کہ میرے ایک قریبی عزیز کی بالکل ایسی ہی حالت تھی۔ جب تشخیص ہوئی تو معلوم ہوا۔۔۔ ریڑھ کی ہڈی میں کینسر تھا وہ بھی آخری اسٹیج

پر"۔

"اوہ۔۔۔ خدا نہ کرے"۔ میں تو اور بھی گھبرا گئی اور سکول سے چھٹی ہوتے ہی بچیوں کو لے کر سیدھی ان کے بتائے ہوئے فلاحی ہسپتال جا پہنچی۔۔۔ اتفاق سے اس دن مطلوبہ سپیشلسٹ اپنی سیٹ پر موجود تھا۔ فرانس سے ڈگری یافتہ نہایت ماہر سرجن اور انسان دوست شخص نے میری روئیداد ہمدردی سے سنی اور اسی دن ایم آر آئی کروانے کی ہدایت کی جس کے لئے پچیس ہزار روپے درکار تھے۔

میں نے گھر آکر جلدی جلدی الماری کی درازوں اور کچن میں مصالحوں کے ڈبوں کے پیچھے خفیہ خانے کی تلاشی لی جہاں آڑے وقتوں کے لئے بچا کر پیسے چھپانے کی عادت کام آگئی، پچیس ہزار سے کچھ زیادہ ہی تھے اور یوں اٹکا ہوا سانس بحال کیا۔

مگر اگلا مرحلہ اس سے بھی مشکل تھا یعنی فراز کو ایم آر آئی کے لیے تیار کرنا تھا۔ وہ بھی اس طرح کہ اباجی کو پتا نہ چلے کہ میں کسی آپریشن کی تیاری میں ہوں۔ لیکن وہ تو باہر برآمدے میں ہی براجمان رہتے۔ ان سے بھلا یہ سب کیسے چھپ سکتا تھا۔

شام کا جھٹپٹا پھیل رہا تھا ڈاکٹر کے اپائنٹمنٹ کا وقت قریب آرہا تھا اور میری حالت فراز سے زیادہ دگرگوں تھی۔ کبھی کوئی راز داری برتنے کی عادت جو نہ تھی یہ بات نہ تھی کہ میں نے کبھی گھر والوں کی مرضی کے خلاف کوئی کام ہی نہ کیا تھا۔ ابھی پچھلے ماہ ہی چار سال کی ندا سیڑھیوں سے گر گئی اور اس کا ہونٹ پھٹ گیا۔ میں نے ڈاکٹر کے یہاں لے جانے کی ضد کی تو سب یک زبان ہو کر لگے روکنے۔ مگر میں نے ایک نہ سنی تھی اور بچی کو ایمرجینسی میں ہسپتال لے گئی تھی جہاں اس کے دو ٹانکے لگے تھے۔ بس میری انہی حرکتوں کی وجہ سے محلے اور خاندان بھر میں ضدی اور ہٹ دھرم مشہور ہوگئی تھی

"ارے بہو کہاں جارہی ہو اس وقت"۔ رکشہ دروازے پر کھڑا دیکھ کر اباجی حسب

توقع اپنی پاٹ دار آواز میں وہیں سے چلائے اور میرے پراگندہ خیالات کا تسلسل ٹوٹ گیا

"کہیں نہیں۔۔۔ اباجی آپ ہی کے بتائے ہوئے حکیم صاحب کے پاس لے جا رہی ہوں فراز کو"۔

"اس وقت ؟۔۔۔ وہ تو صرف دن میں مطب کھولتے ہیں"۔ خود ہی کچھ اور یاد آ جانے پر توقف کر کے پھر گویا ہوئے "ابھی تو میز بھری ہوئی ہے دواؤں سے۔۔۔ پیسے ضائع کرنے کا بہت شوق ہے۔۔۔ پہلے وہ تو ختم ہو جانے دو" ان کی باریک بین نظروں سے تو سوئی بھی اوجھل نہیں رہ سکتی تھی۔ پھر بھلا دوا فراد کیسے چھپ سکتے تھے، وہ اور بھی جانے کیا کیا کہہ رہے تھے، مگر میں کان دبائے کمرے میں چلی آئی۔۔۔۔۔۔ مجھ پر نظر پڑتے ہی۔۔۔ فراز کا پارہ بھی جیسے ہوا سے باتیں کرنے لگا۔۔۔ تمہارا دماغ خراب ہو گیا ہے۔۔۔ میں بستر سے ملنے کے قابل نہیں اور تم مجھے رکشے میں گھسیٹ رہی ہو۔۔۔ میں کہیں نہیں جاؤں گا۔۔۔ سنا نہیں تم نے"۔۔۔ ان کے لہجے کا روکھا پن بڑھتا ہی جارہا تھا" بڑے بھیا نے کیا کہا تھا۔۔۔ آرام کروں گا تو سب ٹھیک ہو جائے گا" وہ درد سے چلا رہے تھے لیکن زبان کی تیز دھار مجھے چھلنی کئے جارہی تھی۔۔۔ مگر ان کی حالت دیکھتے ہوئے خون کے گھونٹ پی کر خاموش تھی۔ پر دل میں سوچ رہی تھی۔۔۔ ذرا ٹھیک ہو جاؤ دیکھنا کیسی خبر لوں گی۔۔۔ مگر انہیں پرسکون کرنے کی کوئی بروقت تدبیر نہ سوجھنے پر جھنجلاہٹ سی طاری ہو گئی تھی۔ "اف خدایا۔۔۔ کیا کروں، ابھی اسی شش و پنج میں تھی کہ نازیہ میری نند نے دروازے سے جھانکا۔ وہ بھائی کی عیادت کو ہی آئی تھی۔

اسے دیکھ کر کچھ جان میں جان آئی ایک تو فراز اسی کی بات مان لیتے تھے اور دوسرے اس کی گاڑی میں انہیں قدرے آرام سے لے جایا جا سکتا تھا میں نے جلدی سے آگے بڑھ کر نازیہ کے ڈرائیور کے ہاتھ میں دس روپے تھمائے ہوئے رکشے والے کو دینے

کی ہدایت کی۔

"بیبی صہیب کا ارادہ نہیں جانے کا۔۔۔ مڑ اتوم اپنا رکشہ لے جاؤ"۔

رکشے والے نے ایک نظر نسیم جان کے بھاری بھر کم سراپے پر ڈالی اور پھر مجھے غصیلی نگاہوں سے گھورتے ہوئے رکشہ آگے بڑھالیا

خدا خدا کر کے ایم آر آئی کا مرحلہ نمٹا اور فوراً ہی رپورٹ سرجن تک پہنچ گئی سرجن زیب نے خاصے پریشان کن انداز میں آگاہ کیا" ہڈی بہت تیزی سے نسوں کو کاٹ رہی ہے اور اگر فوری آپریشن نہ ہوا تو ایک دو دن میں ہی ٹانگ فالج زدہ ہو جائے گی اور فراز ہمیشہ کے لئے معذور"

" یہ نہیں ہو سکتا"۔ میں نے بے تابی سے ان کی بات کاٹتے ہوئے خود کلامی کے انداز میں کہا۔۔۔ ابھی ان کی عمر ہی کیا ہے بمشکل پینتیس سال اور ہمیشہ کی معذوری، میرے والد نے بھی برسہا برس فالج کی حالت برداشت کی۔۔۔ ہم بچوں نے باپ کے ہوتے ہوئے یتیمی کی زندگی گزاری اور اب میرے بچے بھی وہی سب کچھ جھیلیں۔۔۔ میں فکر کی گہری وادی میں ڈوب گئی تھی۔

"مسز فراز میں آپ کی پریشانی سمجھ سکتا ہوں۔۔۔۔۔۔ صبح اگرچہ اتوار ہے پھر بھی خاص طور پر آپریشن کا انتظام کر لیا جائے گا۔۔۔ آپ بس بیس ہزار روپئے لے کر آ جایئے۔ باقی پیسے ایک دو دن میں دے دیجئے گا" انہوں نے اپنی بات جاری رکھتے ہوئے کہا

" ہسپتال چونکہ فلاحی بنیادوں پر چلتا ہے اس لئے میں اپنی فیس بھی نہیں لے رہا ہوں" سرجن زیب نے تسلی آمیز لہجے میں کہتے ہوئے آپریشن سے پہلے کی بقیہ ہدایات

دیناشروع کر دیں۔

بڑی مشکل سے خود کو گھسیٹتی درد سے نڈھال فراز کو کندھے کا سہارا دیئے گھر لا کر بستر پر لٹایا

ان کی فلک شگاف چیخوں نے سارا گھر سر پر اٹھالیا تھا۔۔۔

میں نے انہیں تسلی دینی چاہی مگر چہرے پر پھیلے کرب کے صحرا نے جیسے ساری توانائی سلب کر لی اور الفاظ ریت کے ذروں کی طرح ہواؤں میں بکھر گئے

بچے الگ سہمے ہوئے کونے میں بیٹھے تھے۔ صرف چھوٹا عمو زندگی کی پیچیدگیوں سے بے نیاز ماں کا دودھ مانگ رہا تھا۔۔۔

وہ سب گھیرا باندھے ان کے بستر کے گرد جمع ہو گئے تھے

"کیا کہا۔۔۔ ایمرجینسی آپریشن۔۔۔ ہر گز نہیں ہو گا۔۔ ہم اباجی کی مرضی کے خلاف کوئی قدم نہیں اٹھا سکتے "۔ڈاکٹر نواز نے زور دے کر کہا،"مرض دور کرنے کے اور بھی طریقے ہیں۔۔۔ فزیو تھراپی کرائیں گے یا پھر چائینیز ایکوپنکچر سے بھی ٹھیک ہو جاتا ہے آپ خواہ مخواہ مرض کو بڑھا رہی ہیں"۔

"ارے نواز بھائی۔۔۔ آپ تو خود ڈاکٹر ہیں۔ ایم آر آئی کی رپورٹ دیکھ کر بھی ایسی باتیں کر رہے ہیں"

میں جو ان سے ضرورتاً بات کرتی تھی تڑپ کر بول اٹھی۔۔۔بھابی ثمینہ بھی اپنے میاں کی ہاں میں ہاں ملانے لگیں۔۔۔ ان کی باتوں کی سن گن اباجی کو بھی لگ چکی تھی۔۔۔ کڑک دار آواز میں حکم صادر کرتے برآمدے میں آن موجود ہوئے۔"اس گھر میں کوئی آپریشن کا نام بھی نہ لے۔۔۔میں اپنے بچے کو کٹنے کی اجازت ہر گز نہیں دے سکتا"۔

اب ایک طرف تو فراز کی درد سے بے حال چیخیں اور دوسری طرف سسرالی رشتہ داروں کی ملامت بھری آوازیں۔

میرا سر چکرانے لگا قریب تھا کہ غش کھا کر گر جاؤں مگر یکایک جانے کہاں سے ہمت آگئی جو ایسے موقعوں کے لئے ہی کہیں سے نمودار ہو جاتی تھی اور قدرے بلند آواز میں بولی " ابا جی کا کہا پتھر کی لکیر نہیں۔۔۔ میں اپنے شوہر کو محتاج نہیں ہونے دوں گی"۔ میرا لہجہ باغیانہ تھا

میری ساس مجھ سے بھی زیادہ زور سے چیخیں " خدا نہ کرے۔۔۔ میرا بیٹا کیوں ہوتا معذور، تمہارا منحوس سایہ پڑ گیا میرے بیٹے پر۔۔۔ پہلے اپنے باپ کو کھا گئیں " انہوں نے اپنا روایتی جملہ دہرایا اور بچوں کی طرح بھاں بھاں رونے لگیں، گھر میں عجیب افراتفری کا ماحول پیدا ہو گیا تھا۔ ایسا محسوس ہو رہا تھا جیسے نادان دوستوں نے اپنے ہی فرزند کو زندگی بھر کے لئے ناکارہ کرنے کی ٹھان لی ہو۔ ان سب میں ایک نازیہ ہی سب سے معقول بات کر رہی تھی حالانکہ وہ صرف میٹرک پاس تھی۔۔۔

" خدا کے لئے آپ سب خاموش ہو جائیں "۔ وہ زور سے چلائی اور میری طرف دیکھتے ہوئے بولی " بھابی ! ایک تو آپ بولتی بہت ہیں " پھر مجھے ایک طرف لے جاتے ہوئے سرگوشی کی " میں انہیں سنبھال لوں گی۔۔۔ بس ابھی آپ بچوں کو لے کر اندر چلی جائیں "۔

" ضد کی بھی انتہا ہو گئی ہے " میں نے غصے سے زیر لب بڑبڑاتے ہوئے برآمدے کے کونے میں سہمے ہوئے بچوں کو دونوں بازوؤں میں بھرا اور کمرے میں لا کر اندر سے کنڈی لگالی اور انہیں پر سکون کرنے کی ناکام کوشش کرنے لگی، ندا اور آنیا میری چار اور پانچ سالہ بچیاں مجھ سے لپٹی سسک رہی تھیں۔

دروازے زور سے دھڑ دھڑ ایا گیا۔۔۔ بچیوں کو اپنے سے الگ کرتے ہوئے میں نے آگے بڑھ کر دروازہ کھولا۔

میری طرف دیکھے بغیر نواز بھائی اندر آئے اور فراز کو انتہائی درجے کے طاقت ور درد کشا انجکشن دے کر پاؤں پٹختے واپس پلٹ گئے۔۔۔ برآمدے میں باتوں کی آوازیں اب مدھم ہو چلی تھیں۔ میں نے انہیں کروٹ دلائی کہ شاید درد کی شدت میں کسی طرح کمی ہو سکے اور صدمے اور رنج سے گنگ ہو گئی۔ ان کی ٹانگ پر سے گوشت بلکل ختم ہو چکا تھا اور یوں لگتا تھا جیسے کسی مردہ انسان کی ٹانگ کو ساتھ جوڑ دیا گیا ہو، جلدی سے رضائی کو ان کے گرد اچھی طرح لپیٹ دیا۔ گویا تھوڑی دیر کو حقیقت کی دنیا سے فرار حاصل کرنے کی سعی کی۔

کوئی گھنٹہ بھر بعد دروازے پر نواز بھائی نے پھر دستک دی میں نے دروازہ کھولے بغیر بستر پر لیٹے ہوئے وہیں سے پوچھا "جی۔۔۔ بچوں کو سلا رہی ہوں۔۔۔ آپ بتا دیجئے کیا بات ہے؟"۔

"اچھا۔۔۔ ٹھیک ہے۔۔۔ ہم نے فیصلہ کیا ہے کہ آپریشن ہونا چاہئے لیکن میری مرضی کے سرجن سے جو اگلے ہفتے عمرہ سے ان کی واپسی پر ہو گا "۔ڈاکٹر نواز نے دروازے کے دوسری طرف سے کہا ان کی تیز آواز میں غصے کا ارتعاش صاف محسوس ہو رہا تھا۔

میں پھر اپنی بچی کچی ہمت جمع کر کے بولی "لیکن تب تک تو بہت دیر ہو جائے گی کہیں نرو کٹ گئی تو کیا ہو گا۔۔۔ اور ویسے بھی سرجن امتیاز تو بہت مہنگے ڈاکٹر ہیں"

فکر مجھے کھائے جا رہی تھی۔۔۔۔ مرے مرے الفاظ میں ایک بار پھر اپنی بات کا دفاع کیا لیکن مجھے معلوم تھا کہ وہی ہو گا جو یہ ہٹ دھرم لوگ چاہیں گے

دفعتاً اباجی کی تڑختی ہوئی آواز آئی۔۔۔ "ہاں تو کیا ہوا۔۔۔ وہ بہت اللہ والے ڈاکٹر ہیں۔ تمہاری ضد پر اگر آپریشن ہو رہا ہے تو انہی کے ہاتھ سے ہو گا۔۔۔ ان کے علاج میں بہت شفاء ہے۔۔۔۔۔۔ "میں نے دل میں سوچا۔۔۔ اونہہ۔۔۔ اللہ والے تو دیکھو کتنی بھاری فیس وصول کرتے ہیں اور اپنی چھٹیوں سے غرض ہے چاہے اس دوران مریض کی جان ہی کیوں نہ چلی جائے۔۔۔ لیکن کچھ بولی نہیں بس دل میں کڑھ کر رہ گئی۔۔۔ چلو اس بات پر تو رضامند ہوئے۔

اب مجھے اس ناگہانی مالی افتاد سے نمٹنا تھا، اگلے تین دنوں میں آپریشن کے لئے بھاری رقم کا انتظام کرنا بھی آسان نہ تھا۔ کسی سے ادھار لے لوں۔۔۔ پہلے سوچا لیکن اتنے سارے پیسے وہ بھی اس مختصر نوٹس پر کون دے گا بھلا۔۔۔ میں نے اپنوں کی خود غرضی کا ایسا بھیانک روپ دیکھ لیا تھا کہ رشتے ناتے، خلوص اور محبت جیسے الفاظ اپنا مفہوم ہی کھو بیٹھے تھے، اسی ادھیڑ بن میں کچھ یاد آیا۔۔۔ اپنی ڈائری کی طرف لپکی اور ماہانہ بچت کمیٹی کے شیڈول کا صفحہ تلاش کرنے لگی۔۔۔ اف خدایا کیسی بروقت مدد ہو گئی۔۔۔ میں نے سوچا۔۔۔ لیکن۔۔۔ سکول میں دوسری ٹیچرز کے ساتھ مل کر ڈالی جانے والی بچت کمیٹی میں میرا اگلا نمبر تھا۔۔۔ اگر کسی طرح مسز شفاعت اس ماہ اپنی کمیٹی مجھے دے دیں۔۔۔ ان کی یاد آتے ہی میری آنکھوں میں امید تارہ بن کر جھلملانے لگی۔۔۔

مسز شفاعت جو ہمیشہ مجھے چھوٹی بہنوں کی طرح عزیز رکھتی تھیں آج کیسے بدلی بدلی لگ رہی تھیں

"سیما۔۔۔ میں تمہیں یہ کمیٹی دے دیتی لیکن دیکھو جو نیا کچن بنوایا ہے اس کی قسط دینی ہے" وہ ہچکچا کر بولیں۔۔۔ اس سے پہلے کہ وہ مزید کچھ کہتیں میں ان کے دروازے سے واپس پلٹ آئی۔۔۔ ناامیدی کے اندھیرے میری آنکھوں کے آگے کسی سیاہ

پردے کی طرح تن گئے۔۔۔۔۔۔بھاری قدموں سے رکشے میں بیٹھی اور ڈرائیور کو واپسی کا اشارہ کیا۔ رکشہ سے اتر کر کرایہ دینے کے لئے بیگ میں ہاتھ ڈالا تو کسی نے پیچھے سے آ کر میرا ہاتھ پکڑ لیا۔۔۔"ارے۔۔۔آپ"

"ہاں۔۔۔میں" "یہ مسز شفاعت تھیں۔۔۔چلو اندر چلتے ہیں۔

ہفتہ بھر بعد فراز کا آپریشن کامیابی سے ڈاکٹر امتیاز کے ہاتھوں انجام پا گیا۔ درد کی جڑ نکل جانے کے بعد وہ کچھ ہی دنوں میں چاق و چوبند ہو گئے مگر ٹانگ میں لنگ آگیا تھا۔۔۔۔۔آپریشن میں دیر ہونیکی وجہ سے کچھ نسیں جزوی طور پر متاثر ہو چکی تھیں لیکن یہی کیا کم تھا کہ وہ ہمیشہ کی معذوری سے بچ گئے تھے۔ فراز سمیت ہم سب ہی خوش تھے سوائے ایک شخص کے اور وہ تھے ابا جی۔۔۔جو برآمدے میں بیٹھے فراز کی صحت یابی کی مبارکباد کو آنے والے محلہ داروں کو باور کرا رہے تھے۔

"دیکھا۔۔۔۔۔۔میں نہ کہتا تھا آپریشن مت کراؤ لیکن بہو کی ضد نے ہمارے بیٹے کو ہمیشہ کے لئے لنگڑا کر دیا"۔

میں نے چائے بناتے ہوئے کچن کی کھڑکی سے برآمدے میں جھانکا۔ ابا جی کی آرام کرسی کے پرے لکڑی کی ہلکی سی عصا تھامے پورے قد سے کھڑے فراز کو دیکھ کر میرا دل اطمینان سے بھر گیا۔۔۔ان کی ممنونیت بھری مسکراہٹ کے جواب میں زیر لب مسکرا کر پردہ گرا دیا۔

Ref.: penslipsmagazine.com

***

پردہ

یش پال (ہندی ادب سے)

چودھری پیر بخش کے دادا چونگی کے محکمے میں داروغہ تھے۔ آمدن اچھی تھی۔ انہوں نے ایک چھوٹا لیکن پکا مکان بھی بنا لیا تھا۔ لڑکوں کو بھی تعلیم دلوائی۔ دونوں، لڑکے انٹرنس پاس کرکے ریلوے کے محکمے اور ڈاک خانے میں بابو ہو گئے۔ چودھری صاحب کی زندگی میں ہی دونوں کی شادی ہوئی اور بال بچے بھی ہوئے۔ لیکن عہدے میں کوئی خاص ترقی نہ ہوئی، وہی تیس اور چالیس روپے ماہ وار کا درجہ رہا۔ چودھری صاحب اکثر اپنے زمانے کو یاد کرکے کہتے

وہ بھی کیا وقت تھا کہ لوگ مڈل پاس کرکے ڈپٹی کلکٹری کرتے تھے اور آج کی تعلیم ہے کہ انٹرنس تک انگریزی پڑھنے کے باوجود لڑکے تیس چالیس سے آگے نہیں بڑھ پاتے۔

اپنے بیٹوں کو اونچے عہدوں پر دیکھنے کا ارمان دل میں لیے ہوئے ہی انہوں نے آنکھیں موند لیں۔ چودھری خاندان اپنے مکان کو حویلی کہہ کر پکارتا تھا۔ نام بڑا دینے کے باوجود جگہ تنگ ہی رہی۔ داروغہ صاحب کے زمانے میں زنان خانہ اندر تھا اور باہر بیٹھک میں وہ موڑھے پر بیٹھے حقہ گڑگڑایا کرتے۔ لیکن ان کے بعد جگہ کی تنگی کی وجہ سے بیٹھک بھی زنانے میں شامل ہو گئی اور گھر کی ڈیوڑھی پر پردہ لٹک گیا۔ بیٹھک نہ ہونے

کے باوجود بھی چونکہ گھر کی عزت کا خیال تھا اسی لیے پردہ بوری کے ٹاٹ کا نہیں بلکہ اعلیٰ قسم کا رہتا۔

چودھری پیر بخش نے بھی کم تعلیم حاصل کی اور جلد ہی ان کا بیاہ ہو گیا۔ اللہ کے کرم سے بیوی کی گود بھی جلد بھر گئی۔ پیر بخش نے خاندان کی عزت کے خیال سے روزگار کے طور پر تیل کی مل میں منشی گیری کی ملازمت حاصل کرلی۔ ان کی تعلیم زیادہ نہیں تو کیا ہوا۔۔۔؟ سفید پوش خاندان کی عزت کا پاس تو انہیں تھا۔ مزدوری اور دستکاری ان کے شایان شان نہیں تھی۔ مل کے گودام میں چوکی پر بیٹھتے۔ صرف قلم دوات کا کام تھا۔

بیس روپے ماہ وار اور زیادہ نہیں ہوتا۔ اسی لیے چودھری پیر بخش کو ایک کچی بستی میں دو روپے کرائے پر مکان لینا پڑا۔ آس پاس غریب لوگوں کی بستی تھی۔ گلی کے درمیان میں دیوار کے ساتھ لگے کمیٹی کے نل سے پانی کی کالی دھار ٹپکتی رہتی تھی۔ اس وجہ سے نالی کے کنارے گھاس اگ آئی تھی اور اس کے اوپر مچھروں اور مکھیوں کے بادل اڈتے رہتے۔ سامنے رمضانی دھوبی کا گھاٹ تھا جس میں سے دھواں اور کپڑوں کا گند اڈتا رہتا۔ دائیں طرف ناگرہ جوتا بنانے والے موچیوں کے گھر تھے اور بائیں طرف ورک شاپ میں کام کرنے والے قلی رہتے تھے۔

پوری بستی میں صرف چودھری پیر بخش ہی پڑھے لکھے اور سفید پوش تھے۔ صرف ان ہی کے گھر کے دروازے پر پردہ لٹکا ہوا تھا۔ سب لوگ انہیں چودھری جی، منشی جی کہہ کر سلام کرتے تھے۔ کبھی کسی نے ان کے گھر کی عورتوں کو گلی میں نہیں دیکھا تھا۔ گھر میں اولاد تھی تو وہ بھی ماشاء اللہ زیادہ لڑکیاں۔۔۔ بچیاں چار پانچ برس کی عمر تک کسی نہ کسی کام کے سلسلے میں باہر نکل آتیں لیکن پھر گھر کی آبرو کے خیال سے باہر نکلنا مناسب نہ سمجھتیں۔ چودھری پیر بخش خود ہی صبح و شام کمیٹی کے نل سے مسکراتے ہوئے گھڑے

بھر لاتے۔

پندرہ برس میں چودھری صاحب کی تنخواہ بیس سے پینتیس روپے ہو گئی۔ ان کے یہاں خدا کی برکت ہوئی بھی تو روپے پیسے کی شکل میں نہیں بلکہ اولاد کی صورت میں اور وہ بھی پندرہ برس میں پانچ بچے۔ پہلے تین لڑکیاں بعد میں دو لڑکے۔ دوسری لڑکی کے وقت پیر بخش کی والدہ مدد کے لیے آ گئیں۔ والد صاحب کا تو انتقال ہو چکا تھا۔ کوئی دوسرا بھائی بھی والدہ کی فکر میں نہیں آیا اس لیے وہ چھوٹے بیٹے کے ہاں ہی رہنے لگیں۔

جہاں گھر بار اور بال بچے ہوتے ہیں وہاں سو طرح کے جھنجھٹ بھی ہوتے ہیں۔ کبھی بچے کو تکلیف ہے تو کبھی ماں کو۔ ایسے وقت میں قرض کی ضرورت کیسے نہ ہو، گھر بار ہو تو قرض بھی ہو گا۔ مل کی نوکری کا تو قاعدہ پکا ہوتا ہے ہر مہینے کی سات تاریخ کو گن کر تنخواہ مل جاتی ہے اور پیشگی سے مالک کو چڑ تھی کبھی انتہائی ضرورت پڑنے پر ہی مہربانی کرتے تھے۔ چودھری صاحب ضرورت کے وقت گھر کی کوئی چھوٹی موٹی چیز گروی رکھ کر ادھار لے آتے تھے۔ گروی رکھنے میں روپے کے آٹھ آنے ملتے اور بیاج ملا کر سولہ آنے ہو جاتے پھر وہ چیز کبھی گھر واپس نہ آتی۔

محلے میں چودھری پیر بخش کی بہت عزت تھی اور اس عزت کی وجہ تھی گھر کے دروازے پر لٹکا ہوا پردہ۔ اندر جو بھی ہو پردہ سلامت رہتا۔ اگر کبھی بچوں کی کھینچا تانی یا ہوا کے بے درد جھونکوں سے اس میں چھید ہو جاتے تو پردے کی آڑ سے ہاتھ سوئی دھاگہ لے کر اس کی مرمت کر دیتے۔

دنوں کا کھیل دیکھیے کہ مکان کے بیرونی کواڑ گلتے گلتے بالکل ہی گل گئے۔ کئی مرتبہ کَسے جانے سے پیچ بھی ٹوٹ گئے اور سوراخ ڈھیلے پڑ گئے۔ مالک مکان سورج پانڈے کو اس کی فکر نہیں تھی۔ کبھی اگرچہ چودھری صاحب جا کر کہتے تو آگے سے جواب ملتا

کون سی بڑی رقم تھما دیتے ہو۔۔؟ دو روپے کرایہ اور وہ بھی چھے مہینے کا بقایا۔ جانتے ہو لکڑی کا کیا بھاؤ ہے۔۔؟ نہ رہو مکان میں، چھوڑ جاؤ۔

آخر کار کواڑ گر ہی گئے۔ رات کو تو چودھری صاحب جیسے تیسے انہیں چوکھٹ سے لٹکا دیتے لیکن رات بھر دہشت رہتی کہ اگر کوئی چور آجائے۔ سفید پوشی اور محلے میں عزت کے باوجود بھی گھر میں چور کے لیے کچھ نہ تھا۔ شاید چور کو لے جانے کے لیے ایک بھی ثابت کپڑا یا برتن نہ ملتا۔ لیکن چور تو پھر چور ہے چھیننے کے لیے کچھ بھی نہ ہو تو بھی چور کا ڈر ہوتا ہے وہ چور جو ٹھہرا، لیکن انہیں چور سے زیادہ گھر کی آبرو کی فکر تھی۔ کواڑ نہ رہنے پر گھر کی آبرو کا رکھوالا صرف پردہ ہی تھا آخر کار وہ پردہ بھی تار تار ہوتے ایک رات آندھی آنے پر بالکل لٹکنے کے لائق نہ رہا۔ صبح سویرے گھر کی اکلوتی خاندانی دری دروازے پر لٹک گئی جب محلے والوں نے دیکھا تو چودھری صاحب کو مشورہ دیا

ارے چودھری صاحب اس زمانے میں یوں ایسی دری کاہے خراب کروگے۔۔؟ بازار سے ٹاٹ کا ٹکڑا لا کر لٹکا دو۔

کیا ہے۔۔؟ ہونے دو! ہمارے ہاں پکی حویلی میں بھی ڈیوڑھی پر دری ہی کا پردہ رہتا تھا۔" وہ ہنس کر جواب دیتے۔

مہنگائی کے اس دور میں گھر کی پانچوں عورتوں کے جسم کے کپڑے بھی خستہ ہو کر یوں گر رہے تھے جیسے پیڑ اپنی چھال تبدیل کرتے ہیں۔ لیکن چودھری صاحب کی آمدنی سے دن میں ایک مرتبہ پیٹ بھر سکنے کے علاوہ کپڑوں کی گنجائش کہاں رہتی تھی۔ خود انہیں بھی تو نوکری کے لے جانا ہوتا تھا۔ ان کے پاجامے میں جب اور پیوند سنبھالنے کی تاب نہ رہتی وان کے لیے مارکین (کپڑے کا نام) کا نیا کرتا پاجامہ خریدنا ضروری ہو جاتا تو وہ لاچار ہو جاتے۔

جب گھر میں گروی رکھنے کے لیے کچھ نہ ہو تو غریب کا اکیلا سہارا ہوتا ہے، پنجابی خاں۔۔۔!وہ بھی رہنے کی جگہ دیکھ کر ہی پیسے ادھار دیتا ہے۔ دس ماہ پہلے گود والے بیٹے "برکت" کی پیدائش کے وقت جب پیر بخش کو پیسوں کی ضرورت پڑی تھی اور کہیں سے بھی ملنے کا وسیلہ نہ بنا تو انہوں نے پنجابی خان "ببر علی خان" سے چار روپے ادھار لیے تھے۔ ستیوا کے اس کچے محلے میں ببر علی خان کا روزگار خوب چلتا تھا۔ موچی، ورک شاپ کے مزدور اور کبھی کبھی رمضانی دھوبی سبھی ببر میاں سے قرض لیتے رہتے تھے۔ چودھری پیر بخش نے اکثر دیکھا تھا کہ قرض اور سود کی قسط نہ ملنے پر ببر علی اپنے دو ہاتھ کے ڈنڈے سے ان لوگوں کے گھر کا دروازہ پیٹ رہا ہوتا تھا اور کئی مرتبہ تو انہوں نے خود بھی ان لوگوں کے درمیان بیچ بچاؤ کرایا تھا۔

چودھری صاحب، خان کو شیطان سمجھتے تھے لیکن جب لاچار ہو گئے تو پھر اسی سے مدد لینی پڑی۔ انہوں نے چار آنہ روپیہ ماہانہ پر چار روپے قرض لیا۔ ببر علی نے صرف خاندانی اور مسلمان بھائی کا خیال کر کے ایک روپیہ ماہ وار کی قسط مان لی اور آٹھ مہینے میں قرض ادا ہونا طے پایا۔

چودھری صاحب کے رونگٹے اسی بات پر کھڑے ہو جاتے۔ جب وہ خیال کرتے کہ اگر خان کی قسط ادا نہ ہو سکی تو وہ ان کے گھر کے دروازے کو بھی اسی طرح پیٹے گا۔ اسی وجہ سے وہ سات مہینے تک بھوکوں رہ کر بھی کسی نہ کسی طرح قسط ادا کرتے رہے لیکن جب ساون میں برسات شروع ہوئی اور باجرہ بھی تین سیر ایک روپے کا ملنے لگا تو چودھری صاحب کے لیے قسط دینا ممکن نہ رہا۔

سات تاریخ کی شام کو خان آیا تو چودھری پیر بخش نے اس کی ڈاڑھی چھو کر اور اللہ کی قسم کھا کر خوشامدی لہجے میں ایک مہینے کی مہلت مانگی اور اگلے مہینے ایک کا سوا دینے کا

وعدہ کیا۔ اس طرح خان ٹل گیا۔

لیکن بھادوں میں اور بھی پریشان کن حالت ہو گئی۔ بچوں کی ماں کی طبیعت روز بروز گرتی جا رہی تھی۔ کھایا پیا اس کے پیٹ میں نہ ٹھہرتا۔ ہاضمہ کے لیے اسے گیہوں کی روٹی دینا ضروری ہو گیا۔ گیہوں بھی روپے کا اڑھائی سیر مشکل سے ملتا تھا اور پھر بیمار کا دل تو کبھی پیاز کے ٹکڑے یا دھینے کی خوشبو کے لیے بھی مچل جاتا ہے اور کبھی کالا نمک اجوائن اور سونف کی ہی ضرورت پڑ جاتی ہے تو کوئی چیز بھی پیسے سے کم نہیں ملتی۔ اب تو بازار میں ان چیزوں کا نام ہی رہ گیا ہے۔ بات بات پر اَنّی (ایک آنہ) نکل جاتی ہے۔ چودھری صاحب کو تو دو روپے الاؤنس بھی ملتا تھا لیکن پیشگی لیتے لیتے تنخواہ والے دن صرف چار روپے ہی حساب میں باقی رہتے۔ اب پچھلے ہفتے سے بچے قریباً فاقے سے تھے۔

چودھری صاحب گلی سے کبھی دو روپے کی چولائی خرید لاتے اور کبھی باجرہ ابال کر سبھی کٹورا بھر بھر کر پی لیتے۔ یہی وجہ ہے کہ چار روپوں میں سے بھی خان کو سوا روپیہ دینے کی ہمت چودھری صاحب میں نہ ہوئی۔ اس لیے مل سے گھر لوٹتے ہوئے وہ منڈی کی طرف نکل گئے اور دو گھنٹے بعد جب سوچا کہ خان ٹل گیا ہو گا تو اناج کی گٹھڑی لے کر گھر پہنچے۔ لیکن اب خان کے خوف سے دل ڈر رہا تھا۔ دوسری طرف چار بھوکے بچوں، ان کی ماں، جو دودھ نہ اترنے کے سبب سوکھ کر کانٹا ہو رہی تھی وہ اور گود کا بچہ اور چلنے پھرنے سے لاچار بوڑھی ماں۔ ان سب کی بھوک سے بلکتی صورتیں جب آنکھوں کے سامنے ناچتیں تو وہ دھڑکتے دل کے ساتھ کہتے:

مولا سب دیکھ رہا ہے وہ ضرور رحمت کرے گا۔

سات تاریخ کی شام گزر گئی اور آٹھ کی صبح سویرے خان اپنا ڈنڈا ہاتھ میں لیے چودھری صاحب کے مل پر جانے سے پہلے ہی دروازے پر آ پہنچا۔

چودھری صاحب نے رات بھر سوچ سوچ کر خان کے لیے جواب تیار کیا کہ مل کے مالک لالہ جی چار روز کے لیے باہر گئے ہیں۔ ان کے دستخط کے بغیر کسی کو بھی تنخواہ نہیں مل سکتی۔ تنخواہ ملتے ہی وہ سوا روپیہ ادا کر دے گا۔ معقول وجہ بتانے پر بھی خان بہت دیر تک غراتا رہا۔

ایسے روپیہ چھوڑنے کے واسطے تو ام اپنا وطن چھوڑ کر پردیس میں نہیں پڑا، امارا بھی بال بچہ ہے۔ چار روز میں روپیہ نہیں دے گا تو ام تمارا۔۔۔!

لیکن پانچویں روز بھی روپیہ کہاں سے آتا۔۔۔؟ تنخواہ ملے ہوئے تو ابھی ہفتہ ہی گزرا تھا اور مالک نے بھی پیشگی دینے سے انکار کر دیا تھا۔ مل میں چھٹی ہونے کے باوجود چودھری صاحب، خان کے ڈر سے صبح ہی نکل گئے۔ اپنی جان پہچان کے کئی آدمیوں کے پاس گئے:

"ارے بھئی اگر تمہارے پاس بیس آنے یا روپیہ ہو تو ایک روز کے لیے ذرا دینا۔ ایسے ہی ضرورت آپڑی ہے"۔ ادھر ادھر کی بات چیت کے بعد وہ ان سے کہتے۔

"میاں اس زمانے میں پیسے کہاں۔۔۔ پیسے کا تو مول کوڑی بھی نہیں رہ گیا ہاتھ میں آنے سے پہلے ہی ادھار میں تمام اٹھ جاتا ہے"۔ جواب ملتا۔

اسی طرح دوپہر ہو گئی۔ "اگر خان آیا بھی ہو گا تو اس وقت تک بیٹھا نہیں رہا ہو گا۔" چودھری صاحب نے سوچا اور گھر کی طرف چل دیے۔ گھر پہنچنے پر معلوم ہوا کہ خان آیا تھا اور گھنٹہ بھر دروازے پر لٹکی دری کے پردے کو پکڑے گالیاں دیتا رہا اور پردے کی اوٹ سے بڑی بی کے قسم کھا کر یقین دلانے پر کہ چودھری صاحب روپیہ لینے باہر گئے ہیں۔ خان گالیاں دیتا رہا اور کہا:

نہیں بد ذات چور اندر ہی چھپا ہے۔ ام چار گھنٹے میں پھر آتا ہے اور روپیہ لے کر

جائے گا۔ اگر وہ روپیہ نہیں دے گا تو اس کی کھال اتار کر بازار میں بیچ دے گا۔۔۔ امارہ روپیہ ارام کا ہے کیا۔۔۔؟

اور پھر چار گھنٹے سے پہلے ہی خان کی آواز سنائی دی : "چودھری"

پیر بخش کے جسم میں بجلی سی تڑپ گئی۔ اس کے ہاتھ پیر سن اور گلا خشک ہو گیا۔ خان نے پردے کو پکڑ کر گالی دی اور چودھری کو دوبارہ پکارا۔ چودھری صاحب کا جسم بالکل بے جان ہو گیا اور وہ اٹھ کر باہر آ گئے۔

"پیسہ نہیں دینے کے واسطے چھپتا ہے۔"

خان آگ بگولا ہو رہا تھا۔ خان کے منہ سے مسلسل پیر بخش کے آباؤاجداد کے لیے گالیاں نکل رہی تھیں۔ اس بھیانک صورتحال کی وجہ سے پیر بخش کا خاندانی لہو بھڑکنے کے بجائے اور بے جان ہو گیا۔ وہ خان کے گھٹنوں کو چھو کر اپنی حالت بتا کر معافی کے لیے درخواست کرنے لگے۔ لیکن خان اور زیادہ بھڑک اٹھا۔ اس کی گرج دار آواز سے پڑوسی، موچی اور مزدور بھی چودھری کے دروازے کے سامنے اکٹھے ہو گئے۔

پیسہ نہیں دینا تھا لیا کیوں۔۔۔؟ تمہارا تنخواہ کدھر جاتا ہے، ارامی امارہ پیسہ مارے گا۔ ام تمارا کھال کھینچ لے گا۔ اگر پیسہ نہیں تو پھر گھر کے دروازے پر پردہ لٹکا کر کیوں شریف زادہ بنتا ہے۔۔۔؟ تو چاہے ام کو بی بی کا گینا دو، برتن دو کچھ بھی دو ام ایسے واپس نہیں جائے گا۔" خان نے غصے سے ڈنڈا لہرا کر کہا۔

پیر بخش نے بے بسی اور لاچاری سے دونوں ہاتھ اٹھا کر خان کو دعا دی اور قسم کھائی کہ ایک پیسہ بھی گھر میں نہیں ہے اور نہ ہی کپڑا۔ خان چاہے تو بے شک اس کی کھال اتار کر بیچ دے۔

ام تمارا دعا کا کیا کرے گا۔۔۔؟ ام تمہارا کھال کا کیا کرے گا۔ اس کا تو جوتی بھی

نہیں بنے گا اور تمہارا کھال سے تو یہ ٹاٹ اچھا ہے۔

خان نے آگ بگولہ ہو کر کہا اور ڈیوڑھی پر لٹکا دری کا پردہ جھٹک لیا۔ ڈیوڑھی سے پردہ ہٹتے ہی چودھری صاحب کے جیسے جیون کی ڈور ٹوٹ گئی۔ وہ ڈگمگا کر زمین پر گر پڑے۔ کیونکہ اگلا منظر دیکھنے کی تاب چودھری صاحب میں نہ تھی۔ لیکن اردگرد کھڑی بھیڑ نے دیکھا کہ پردے کے دوسری طرف گھر کی عورتیں اور بچیاں پردہ گرتے ہی لوگوں کی دہشت اور خوف سے کانپتی ہوئیں ایک دوسرے کے ساتھ چمٹ گئیں۔ ان کے جسم پر باقی بچے چیتھڑے ان کے ایک تہائی اعضا ڈھکنے میں بھی ناکام تھے۔

بھیڑ نے نفرت اور شرم سے آنکھیں پھیر لیں۔ اس ننگے پن کی جھلک سے خان کی سختی بھی پگھل گئی:

"لاحول والله۔۔۔"

غلاظت سے تھوک کر پردے کو واپس آنگن میں پھینک کر، غصے بھری نظروں سے چودھری صاحب کو دیکھ کر خان نے کہا اور ناکام لوٹ گیا۔ خوف سے چلاتی، اوٹ میں چھپی ہوئی عورتوں پر رحم کھاتے ہوئے بھیڑ چھٹ گئی۔ چودھری صاحب ابھی بھی بے سدھ تھے۔ جب انہیں ہوش آیا تو دیکھا کہ ڈیوڑھی کا پردہ آنگن میں پڑا تھا۔ لیکن اب اسے دوبارہ لٹکانے کی ہمت ان میں نہ تھی اور شاید اب اس کی ضرورت بھی نہ رہی تھی۔ کیونکہ پردہ جس عزت کا سہارا تھا وہ مر چکی تھی۔

Ref.: penslipsmagazine.com

***

ساتواں منطقہ

کوثر جمال

ابھی کچھ دیر پہلے وہ یہیں میرے پاس تھی۔

شام اولین رات کے گلے میں باہیں ڈالے کب سے ہمیں دیکھ رہی تھی۔

بڑھتے اندھیرے نے مجھے کچھ یاد دلایا۔

روشنی کر دوں؟" میں نے پوچھا۔

ہاں کر دو!" اس نے کہا۔

میں نے اٹھ کر شمع جلائی

"!روشنی کچھ بڑھادو"

میں نے دوسری شمع جلائی۔

سب شمعیں جلادو، سارے بلب، سب فانوس!" اس نے ایک بار پھر کہا۔

اب ہم آمنے سامنے کے صوفوں پر تیز روشنی کی پھوار تلے بیٹھے ہیں۔ میں اس کی نگاہوں کے حصار میں قید ہوں۔

"کیا دیکھ رہی ہو؟"

"فاصلہ۔"

کیا ہمارے بیچ فاصلہ آگیا؟" میں پوچھتا ہوں۔

وہ تو ہمیشہ سے ہے۔ اس وقت بھی تھا جب ہم ایک تھے اور ایک نہیں تھے۔۔۔ اور اب بھی ہے جب ہم ایک نہیں ہیں اور ایک ہیں"۔

"تم ہمیشہ کی طرح اب بھی مکالمہ بول رہی ہو۔"

"کیا مکالموں میں سچ نہیں ہوتا؟"

"کیا فاصلہ ہی سچ ہے ؟"

ہاں۔۔۔ فاصلہ ہی سچ ہے۔۔۔ مہربان سچ۔۔۔ اسی نے تو ہماری محبت کو بچا لیا۔۔۔ یہ نہ ہوتا تو ہماری محبت ایک بندھن کی قبر میں گل سڑ جاتی (یہ کہتے کہتے اس کی آنکھوں کے تالاب بھر گئے)۔۔۔ فاصلہ نہ ہوتا تو جانے آج ہم ایک دوسرے کے لیے کیا ہوتے۔ شائد ہمیں ایک دوسرے سے وہ ان گنت شکائتیں ہوتیں جو شوہروں کو بیویوں اور بیویوں کو شوہروں سے ہو جاتی ہیں۔ میں تمھاری ہو جاتی تو شائد تم میرے ہو کر بھی میرے نہ رہتے۔ میں تمھارے گھر میں ہر وقت نظر آنے والی، حواس کی گرفت میں آجانے والی، ہر دوسری عورت جیسی ایک عام سی عورت ہو کے رہ جاتی۔

اور اب ؟" میں پوچھتا ہوں۔

"اب میں تمھارے حواس کے ساتویں منطقے میں رہتی ہوں۔"

(بس اپنی انہی باتوں میں وہ میری ہر عورت سے الگ ہے !)

"کیا ہم رشتوں ناتوں کی اس جیتی جاگتی دنیا میں ایک ساتھ نہیں رہ سکتے تھے ؟"

"شائد نہیں۔"

آخر کیوں نہیں ؟" میں سوال کرتا ہوں۔

اسی دنیا نے تو ہمارے لیے ساتواں منطقہ چنا۔ میں پانچویں عورت تھی اور مجھے پہلی چار عورتوں نے اپنی دنیا سے نکال باہر کیا۔

"یہ پہلی چار عورتیں کون تھیں؟"

"ماں، بہن، بیوی، بیٹی۔۔۔ جیتی جاگتی دنیا پر راج کرتی عورتیں۔"

"اور تم؟۔"

"میں پریمیکا ہوں۔۔۔ پانچویں عورت۔"

"اور میں کون ہوں؟"

"تم جانتے ہی ہو۔ بچوں جیسے سوال کیوں پوچھ رہے ہو؟"

پھر میں کسی فسوں میں گم اسی کے الفاظ دہرانے لگتا ہوں

میں پریمی ہوں۔۔۔ پانچواں مرد۔۔۔ اور مجھے پہلے چار مردوں۔۔۔ باپ، بھائی، شوہر اور بیٹے نے اپنی دنیا سے نکال باہر کیا۔

وہ چاروں عورتیں میرے اندر تھیں۔" اس نے کہا

وہ چاروں مرد میرے اندر تھے۔" یہ میں نے کہا۔

اس کے لبوں پر تبسم ہے۔ میری آنکھوں میں مسکراہٹ۔ وہ مسکراتے ہوئے اتنی حسین کیوں ہو جاتی ہے۔ مجھے اس پر بے ساختہ پیار آگیا ہے۔ میں اٹھ کر اسے بانہوں میں بھینچ لینا چاہتا ہوں، مگر یہ بھول گیا ہوں کہ وہ میرے حواس کے ساتویں منطقے میں رہتی ہے۔

اب تیز روشنی کی پھوار نے مجھے تھکا دیا ہے۔ میں اس سے پوچھتا ہوں:"روشنی کم کر دوں؟

"ہاں کر دو!"

میں کچھ شمعیں بجھا کر اپنی پسندیدہ غزلوں کی سی ڈی لگاتا ہوں۔ مغنیہ نے شاعر کے لفظوں میں اپنا دل رکھ دیا ہے۔

اے جذبۂ دل گر میں چاہوں ہر چیز مقابل آجائے

ہم دونوں ایک دوسرے کے مقابل بیٹھے ہیں

"تم بھی تو کچھ باتیں کرو۔ جب سے آئی ہوں میں ہی بول رہی ہوں"

"میں چاہتا ہوں تم بولتی رہو۔ تمھاری باتوں سے جی کو قرار سا آجاتا ہے۔"

"اب کیا بولوں؟"

"بس میرے ایک سوال کا جواب دے دو، سیدھا اور صحیح جواب۔"

"ہاں پوچھو"

"کیا تمھیں مجھ سے کبھی محبت تھی؟"

"اُف، تم ہر بار یہی سوال پوچھتے ہو۔ بھلا یہ بھی کوئی پوچھنے کی بات ہے"

"تم بات کو ہمیشہ کی طرح گھمار ہی ہو۔ مجھے ہاں یا نہ میں جواب دو"

"ہاں۔۔۔۔۔ تھی۔"

کب؟"میں ایک بار پھر کسی بچے کی طرح تجرید کو مجسم ہوتے دیکھنا چاہتا ہوں۔

ذرا یاد کرنے دو۔۔۔ ہاں۔۔۔۔ جب میری محبت نے تمھیں پہلا فون کیا تھا۔۔۔۔"وہ مسکرائی۔

"اور۔۔۔۔۔؟"

جب میں تنِ تنہا تم سے ملنے تمھارے شہر چلی آئی تھی۔ اس رات پندرھویں کے چاند نے میرے ساتھ ساتھ سفر کیا تھا۔۔۔ اس رات بس دو ہی تھے جو جاگ رہے تھے، ایک میں اور ایک چاند۔"

"اور۔۔۔۔۔؟"

"جب ہم نے کوئنز گارڈن میں سہ پہر کو شام کیا تھا۔ ایک ساتھ باتیں کر کے۔"

"اور۔۔۔۔۔؟"

"جب میں نے تمھیں پہلا خط لکھا تھا اور جواب میں تم نے ایک شعر لکھ بھیجا تھا:

سکونِ دل کو ضروری ہے لمس کی لذت
کہانیوں میں کہیں زندگی نہیں ملتی

"۔۔۔۔۔مرد ہو نا، لمس کی گھمن گھیریوں میں رہتے ہو!۔"

میرے دل میں ایک خاموش احتجاج اٹھا۔ (تم عورتیں کتنی جھوٹی ہو۔ خواہش کی آندھیوں کو بکل میں چھپائے پھرتی ہو۔ لمس کی پہلی آنچ پر پگھل کے بوند بوند ہو جاتی ہو۔۔۔ مگر پھر بھی۔۔۔۔۔)"کچھ کہا تم نے؟"اُس کی متبسم آنکھوں نے پوچھا۔

اور مجھے ہمیشہ کی طرح یہ وہم ہوا کہ وہ میرے ذہن میں گھومتے خیال کو پکڑ کر مسکرائی ہے۔

کیا اب بھی تمھیں مجھ سے محبت ہے؟" میں گمان کے بھنور میں غوطے کھا رہا ہوں۔

"ہے کیوں نہیں۔ جتنی میں ہوں اتنی ہی وہ بھی ہے۔"

"کون؟"

کیا تم بھول گئے کہ تم نے کیا پوچھا تھا؟"۔۔۔ اس کی نگاہوں میں شرارت اتر آئی۔۔۔"تم مجھ سے اتنے سوال کیوں پوچھ رہے ہو؟"

تمھیں جان جو نہیں سکا۔ تم سراپا راز ہو۔ کبھی کبھی ایسا لگتا ہے کہ تم نے جان بوجھ کر خود کو پہیلی بنا لیا ہے۔ شائد یہی وہ میدان ہے جہاں عورت بازی لے جاتی ہے۔۔۔۔ عورت جب تک جسم ہے تو کتنی آسان ہے، ذہن بنتی ہے تو اتنی مشکل کیوں ہو جاتی ہے۔

عورت کو کون جان سکا ہے؟ اور وہ بھی پانچویں عورت۔" یہ کہتے کہتے اس نے اپنی

نگاہوں کا رخ مجھ سے ہٹا کر کمرے کی بیرونی دیوار کی طرف کر لیا۔ جیسے دیوار سے پرے کچھ دیکھ رہی ہو۔

خاموشی دبے قدموں آئی اور ہمارے بیچ بیٹھ گئی۔ موسیقی تھم چکی تھی۔

آج کی رات یہیں ٹھیر جاؤ۔ گھر میں میرے سوا اور کوئی نہیں ہے۔" مجھے اس کے جانے کا دھڑکا سا لگا ہوا ہے۔

"کاش ایسا ہو سکتا۔ میرا چھوٹا بیٹا میری راہ دیکھتا ہو گا۔"

کبھی کبھی تم مجھے صاحباں لگتی ہو۔ جس نے اپنے بھائیوں کو بچانے کی کوشش میں مرزا کو مروادیا تھا۔

میں نے تو تمھیں واپس زندگی کی طرف بھیج دیا۔ تمھاری بیوی ہے، بچے ہیں، نوکری رشتے ناطے۔۔۔۔۔۔ میں نے تو اپنی اور تمھاری محبت کو بچانے کے لیے"۔۔۔۔۔

یہ کہتے کہتے آواز اس کے گلے میں گھٹ گئی اور آنکھیں آنسوؤں سے بھر گئیں۔ عورت کی نم آنکھوں میں اتنا حسن کہاں سے آجاتا ہے۔ میرا بے اختیار جی چاہا کہ اس کے آنسوؤں کو ہونٹوں سے چن لوں اور میں بھول گیا کہ۔۔۔۔

اچھا چھوڑو اس ذکر کو۔" وہ اشک آلود آنکھوں سے ہنس دی۔۔۔۔ "تم بھی تو مجھے بتاؤنا! وہ لمحے وہ گھڑیاں جب تم نے مجھے چاہا تھا"۔

اوہ وہ لمحے۔۔۔۔ وہ بے انت، بے شمار لمحے۔۔۔۔ "یادوں کی حرارت میرے خون میں دوڑنے لگی۔

وہ شام جب جھیل کے کناروں پر جھکی گھاس میں اندھیرا چپکے چپکے اتر رہا تھا۔ جھیل کے پانی پر ڈوبتا سورج زعفران کی بارش کر چکا تھا۔ پھر اچانک تیز ہوا چلنے لگی تھی۔ یکدم

اندھیرا بڑھ گیا تھا۔ عناصر کتنے جوش میں تھے۔ بادل کی گرج، بجلی کی کڑک، ہوا کا شور، بارش کا زور، جھیل کے پانی میں طغیانی اور ان سب سے زیادہ میرے اندر کا طلاطم۔ اس لمحے مجھے اپنی محبت کا احساس ہوا تھا۔ وہ تم تھیں، ہاں وہ تم تھیں مجھے طوفان سے آشنا کرنے والی"۔۔۔

"اور۔۔۔؟"

اور جب ہم بے سبب گاڑی میں گھومتے ہوئے ان دیکھے راستوں پر جانکلتے تھے۔ ہم چاہا کرتے تھے کہ راہیں انجانی ہوں اور چہرے ناشناسا۔ گلیاں، سڑکیں اور راستے کٹتے جاتے تھے مگر سفر جاری رہتا تھا اور تم کہا کرتی تھیں۔"۔۔۔

'یہ اجنبی راہیں مجھے بہت اچھی لگتی ہیں۔ جانے اگلے موڑ پہ کیا ہو جائے۔ اس سڑک کی حد سے پرے کون سا اسرار گھات لگائے بیٹھا ہو۔ رومان تمھاری نس نس میں تھا۔ اور اس سمے تم مجھے بس اپنے جیسی لگا کرتیں۔ میری عورت"۔

ہاں، پریم کا ایک ہی رنگ ہوتا ہے۔" پھر اس نے کچھ توقف کے بعد کہا: "تمھیں ان دنوں کی بہت سی باتیں یاد ہیں۔ میرا خیال تھا مرد کی یادداشت ایسی باتوں کے لیے کمزور ہوتی ہے"۔

وہ دن،۔۔۔۔ وہ سارے دن، مجھے تم سے زیادہ یاد ہیں ۔میں نے کسی سرور میں ڈوبی آواز میں کہا۔

"مثلاً؟"

مثلاً۔ وہ دن جب ہم اَنجلی کے گھر میں تھے اور وہ کہیں گئی ہوئی تھی۔ تب ہم نے کچن میں مل کر کھانا بنایا تھا اور جب میں چائے کی پہلے سے گندی پیالیاں دھو رہا تھا تو تم نے کہا تھا: "مرد اگر عورت کا کام بانٹ لے تو پھر عورت کو کوئی کام بھی مشکل نہیں لگتا۔ جینا

آسان اور بھلا لگنے لگتا ہے"۔

اور تم نے کہا تھا:۔۔۔۔۔۔،" وہ یاد سے یاد ملاتے ہوئے بولی، "مردوں کو تو وہ عورتیں اچھی لگتی ہیں جو ان کے گھر کو جنت جیسا مکمل بنا دیں۔ اتنا مکمل کہ انگور کے دانے بھی خود بخود ٹوٹ کر ان کے منہ میں آگریں"۔

اور یہ سن کر تم نے بہت سی بے رنگ باتیں کرتے ہوئے کہا تھا:"اسی لیے مردوں نے جنت اور حوریں بنائیں"۔

اس نے میری اس آخری بات پر چونک کر مجھے دیکھا۔ اس کی نگاہیں برہم تھیں۔

"یہ تم نے کیا کہا، بے رنگ باتیں، کون سی بے رنگ باتیں؟"

کچھ نہیں، میرا مطلب ہے، پیار کی باتوں میں دوسری باتیں آجائیں تو وہ بے رنگ ہی ہوئیں نا۔" میں نے وضاحت کی

تم مردوں کا پیار! زندگی سے الگ تھلگ، بس ایک شبستان۔ ہم عورتوں کا پیار تو زندگی جتنا بڑا ہوتا ہے"۔

بہت شوق ہے، تم مجھے بھی ایسے مردوں میں۔؟

generalize

تمھیں

میں نے شکائت کی تو وہ ایک بار پھر پریمیکا کے سندر روپ میں آگئی۔

اور کون سی بات یاد ہے تمھیں؟" اُسے میرے ساتھ یادوں کے پھول چننے میں مزہ آرہا ہے۔

وہ رات۔۔۔۔۔ میرے فلیٹ میں ہم دونوں تھے۔ تم جانے پر بضد تھیں اور میں تمھیں کسی طرح جانے نہیں دے رہا تھا۔ میرا اصرار بڑھ رہا تھا۔ تمھاری گھبراہٹ اور

غصے میں شدت آ رہی تھی۔ پھر تم ایک جھٹکے سے میرا ہاتھ چھڑوا کر کمرے سے باہر چلی گئی تھیں، تو اس لمحے مجھے مکمل تنہائی کا احساس ہوا تھا۔ اف تنہائی کا کیسا خوفناک احساس تھا۔

"لیکن میں واپس بھی تو آ گئی تھی۔"

ہاں کچھ دیر بعد جب تم واپس آئیں تو میں تمھاری طرف ہوں لپکا تھا جیسے کسی ڈوبنے والے کے ہاتھ کشتی کا کنارا آ جائے۔ تب مجھے موت سے گزر کر جینے کا تجربہ ہوا۔ مجھے اپنی مکمل نفی کے بعد پھر سے اثبات کی نوید ملی تھی۔ یہ وہ لمحہ تھا جب مجھے اپنی زندگی میں تمھارے ناگزیر ہونے کا یقین ہو گیا تھا۔ تنہائی کا آسیب جب کمرے سے بھاگ گیا تو میں نے تم سے واپس آنے کی وجہ پوچھی تھی۔ تب تم نے مجھے ڈانٹتے ہوئے کہا تھا

جب کوئی لڑکی اِس طرح رات گئے روٹھ کر جاتی ہے تو پریمی اسے یوں اکیلے جانے نہیں دیتا۔ تمھیں میرا ذرا بھی خیال نہیں آیا تھا۔" اور جب میں تمھیں چھوڑنے کے لیے چپل پہن کر گرم کمرے سے باہر نکل رہا تھا تو تم نے مجھے میری جیکٹ دیتے ہوئے کہا تھا: "اسے پہن لو، تمھیں ٹھنڈ لگ جائے گی"۔

(تم عورتیں شروع دن سے ماؤں جیسی ہوتی ہو۔)

خاموشی کے کئی پہر گزر گئے۔

لگتا ہے ہم نے یادوں کے سب پھول چن لیے ہیں۔ اب میں پھر وہیں آ گیا ہوں جہاں سے چلا تھا۔

تم میری دنیا سے کیوں نکل گئیں؟" میں نے اپنا سوال دہرایا

"بتا تو چکی ہوں۔"

"نہیں۔ میرا دل کہتا ہے تم نے ساری بات نہیں بتائی۔"

سچ؟ تمھارا دل کہتا ہے؟" وہ شرارت سے مسکرائی"

"کیوں؟ کیا میرے پاس دل نہیں ہے؟"

تمھارا دل تو میں لے چکی ہوں۔ وہ زور سے ہنسی، پھر ایک دم سنجیدہ ہو کر کہنے لگی:

"تو بتادوں؟

"یہی تو پوچھ رہا ہوں!۔"

اس بار اس کی آواز کہیں دور سے آتی ہوئی محسوس ہوئی

ایک روز ہم دونوں ساتھ ساتھ جا رہے تھے، کسی بڑی شاہراہ پر۔ اچانک مجھے محسوس ہوا کہ تمھاری رفتار میری رفتار سے مختلف تھی۔ پھر میں نے تمھاری آنکھوں میں جھانکا تو وہاں دو عورتوں کی پرچھائیاں لرز رہی تھیں۔ ایک میں تھی اور ایک وہ عورت جو مجھ سے تمھاری دنیا کی آخری عورت ہونے کا حق چھیننے والی تھی۔ میں نے آن کی آن میں تمھارے آئندہ زمانوں کو دیکھ لیا تھا، جہاں میں پوری نہیں آدھی تھی"۔

اس کی آنکھوں سے زخمی عورت کا غم و غصہ جھلکنے لگا۔ اس نے اپنی خود کلامی جیسی گفتگو جاری رکھی

میری جبلت نے اسی وقت اچانک ایک فیصلہ کیا۔۔۔۔ نہیں یہ فیصلہ میرے اندر کی چار عورتوں میں سے ایک نے کیا تھا، مر کر جینے کا فیصلہ۔ اور میں تم سے ہٹ کر شاہراہ سے نکلتی ایک گلی میں چلنے لگی۔ تم نے پیچھے مڑ کر مجھے دیکھا اور میرے پیچھے آنے لگے۔ میں نے قدم تیز کیے، تم نے تعاقب تیز کیا۔ اس روز سے میں چل رہی ہوں اور تم میرے تعاقب میں ہو۔ دیکھو میں تمھیں کہاں لے آئی ہوں۔ یہاں حواس کے اس ساتویں منطقے پر، یہاں اب صرف میرا راج ہے۔۔۔۔ صرف میرا"۔

اس نے کسی راجدھانی کی مغرور ملکہ کی طرح کہا۔

ہمارے آس پاس سناٹا شور مچا رہا ہے۔

تو اس طرح تم نے مجھے چھوڑ کر تنہائیاں مجھے دے دیں۔" میری آواز میں شکستگی تھی۔

میں نے تمھیں تنہا نہیں کیا، تمھاری تنہائیوں کو آباد کر دیا۔" اُس کی آنکھوں میں چمک تھی۔

"تم تو سارے کریڈٹ اپنی جھولی میں بھر رہی ہو۔"

"میری جھولی ہو تو اسے بھروں، میں تو سب کچھ تمھارے نگر چھوڑ آئی۔"

اب اس کی آواز میں کسی ویرانے میں بھٹکتی ہوئی بے چین روح کا نوحہ تھا۔

اور میری آنکھوں میں رنجش کی سرخی اتر رہی ہے

اس کا مطلب یہ ہوا کہ تم نے مجھ سے محبت نہیں کی تھی۔ تمھیں تو اپنے آپ سے محبت تھی۔ اگر تم سوہنی ہوتیں تو چناب کے طلاطم سے ڈر نہ جاتیں"۔

اور تم۔۔۔۔۔ تم کہاں کے رانجھے ہو؟" اس نے خشمگیں نگاہوں سے مجھے دیکھا۔

تم بھی تو عورتوں کے ہجوم میں اپنی عورت کی پہچان نہ کر سکے۔ تمھیں یہی بتانے کے لیے مجھے تمھاری دنیا سے نکلنا پڑا۔

"تو تم نے مجھے سزا دی؟"

"محبت میں کون کس کو سزا دیتا ہے؟ دونوں ہی گھائل ہوتے ہیں۔"

وہ ایک بار پھر میری بجائے کھوئی کھوئی نظروں سے دیواروں کے پار دیکھ رہی ہے۔

کئی زمانے گزر گئے۔

میں اس سے پوچھتا ہوں۔

"کیا تمھیں ڈر نہیں لگتا کہ میں تمھیں بھول جاؤں گا؟"

"میں ڈر کی دنیا سے بہت دور ہوں۔"

"پھر بھی؟"

"اگر میں تمھیں نہیں بھول پائی تو تم مجھے کیسے بھول سکتے ہو؟"

"یہ ضروری تو نہیں کہ تم نہ بھولو تو میں بھی تمھیں یاد رکھوں۔"

تم مجھے کبھی نہیں بھول پاؤ گے۔ یہ میں جانتی ہوں۔ یہ موت جتنا اٹل سچ ہے۔ مرد اس عورت کو کبھی نہیں بھول سکتا جس نے کبھی اس کی روح میں اجالا کیا ہو۔ جو اس کے ذہن کے ایوانوں میں اپنی آواز کی گونج چھوڑ آئے۔ جو اس کی ہو اور پھر کسی بے خبر لمحے میں اس کے ہاتھ سے چھوٹ کر کسی نامعلوم دنیا میں جا گرے۔

واہ! تم تو کہانیوں کی بات کر رہی ہو۔" میں نے اسے چڑانے کی کوشش کی۔

ہم سب کسی نہ کسی بڑی کہانی کے کردار ہی تو ہیں۔" اس نے گہری سانس لے کر کہا۔

لمحے تیزی سے بھاگ رہے ہیں۔ میرا دل میرے ہاتھوں سے نکلا جا رہا ہے۔

"سچ کہوں؟، تم نے میری دنیا سے نکل کر مجھے غریب کر دیا۔"

نہیں، میں نے ہماری دنیا سے نکل کر ہم دونوں کی محبت کو ہمیشگی دے دی۔ اب یہ تمھارے شعروں میں ڈھلے گی۔ میرے گیتوں میں لکھی جائے گی۔ اب یہ کہانی کی طرح امر ہے"۔

مدھم روشنی میں، میں اس کے چہرے کو جی بھر کے دیکھتا ہوں۔

"تم آج بھی اتنی ہی حسین ہو، جتنی تب تھیں۔ وقت تمھارے حسن کا کچھ نہیں بگاڑ سکا"

تم مجھے پریمی کی آنکھ سے دیکھ رہے ہو ناں، اس لیے، محبت کی آنکھ میں زمانے ٹھہر

جاتے ہیں"۔

چپ کی تانوں پر لمحوں کا رقص جاری ہے۔

لمس کی خواہش نے میرے دماغ میں دھواں بھر دیا ہے۔ وہ میرے سامنے بیٹھی ہے۔ اور بیچ میں صدیوں کی دوری ہے۔ روشنی بے جان ہے۔ وقت کی سانسیں رک رہی ہیں۔

شائد ہماری محبت میں کچھ کمی تھی۔ شائد ہمارے تصور ہماری حقیقتوں سے الگ تھے۔ شائد۔۔۔۔۔ ہم اپنے اپنے گمان کے جزیروں میں بھٹک رہے ہیں۔

فون کی گھنٹی سکوت کو لہولہان کر گئی۔ یہ میری بیوی کا فون ہو گا۔ وہ گلا کرے گی

آج آپ نے فون ہی نہیں کیا۔۔۔۔ ہم ایک دو روز میں واپس آ جائیں گے۔۔۔۔ آپ ٹھیک تو ہیں نا!۔۔۔۔۔۔ ماسی نے کھانا بنا دیا تھا۔۔۔۔۔"؟

۔۔۔۔۔ میں فون نہ کر سکنے کا کوئی بہانہ بناؤں گا۔ بیویوں سے اسی طرح کی جھوٹی سچی باتیں ہوا کرتی ہیں۔

میں فون سن کر واپس آیا تو کمرے میں کوئی نہیں تھا۔ مجھے بتائے بغیر وہ جاچکی تھی۔ وہ ہمیشہ سے اسی طرح وقت اور دیواروں کی حد سے آزاد سفر کرتی ہے۔ اپنی مرضی سے چپکے سے چلی جاتی ہے اور پھر اسی طرح اچانک آ کر میری یاد کے ایوانوں میں دیے جلانے لگتی ہے۔

Ref.: penslipsmagazine.com

***

وقفہ

نیر مسعود

گذاشتیم و گذشیتم و بودنی ہمہ بود
شدیم و شد سخنِ ما فسانۂ اطفال

یہ نشان ہمارے خاندان میں پشتوں سے ہے۔ بلکہ جہاں سے ہمارے خاندان کا سراغ ملنا شروع ہوتا ہے وہیں سے اس کا ہمارے خاندان میں موجود ہونا بھی ثابت ہوتا ہے۔ اس طرح اس کی تاریخ ہمارے خاندان کی تاریخ کے ساتھ ساتھ چلتی ہے۔

ہمارے خاندان کی تاریخ بہت مربوط اور قریب قریب مکمل ہے، اس لیے کہ میرے اجداد کو اپنے حالات محفوظ کرنے اور اپنا شجرہ درست رکھنے کا بڑا شوق رہا ہے۔ یہی وجہ ہے کہ ہمارے خاندان کی تاریخ شروع ہونے کے وقت سے لے کر آج تک اس کا تسلسل ٹوٹا نہیں ہے۔ لیکن اس تاریخ میں بعض وقفے ایسے آتے ہیں۔۔۔

میرا باپ ان پڑھ آدمی تھا اور معمولی پیشے کیا کرتا تھا۔ اسے کئی ہنر آتے تھے۔ بچپن میں تو مجھے یقین تھا کہ اسے ہر ہنر آتا ہے، لیکن اس کا اصل ہنر معماری کا تھا، اور یہی اس کا اصل پیشہ بھی تھا، البتہ اگر موسم کی خرابی یا کسی اور وجہ سے اس کو معماری کا کام نہ ملتا تو وہ لکڑی پر نقاشی یا کچھ اور کام کرنے لگتا تھا۔

میری پرورش اس کے زانوؤں پر ہوئی اور آنکھیں کھولنے کے بعد میں نے مدتوں

تک صرف اسی کا چہرہ دیکھا۔ مجھے اپنی ماں یاد نہیں، حالانکہ مجھے اس وقت تک کی باتیں یاد ہیں جب میں دودھ پیتا بچہ تھا۔ اس وقت میں روتا بہت تھا لیکن میرا باپ مجھے بہلانے کے بجائے مجھ کو اپنے زانو پر لٹائے خاموشی کے ساتھ دیکھتا رہتا تھا یہاں تک کہ میں اس کا چہرہ دیکھتے دیکھتے آپ ہی آپ چپ ہو جاتا۔ ظاہر ہے میری پرورش تنہا اس نے نہیں کی ہو گی اس لیے کہ اسے کام پر بھی جانا ہوتا تھا، لیکن اس زمانے کی یادوں میں، جن کا کوئی بھروسا بھی نہیں، اپنے باپ کے سوا کسی اور چہرے کا نقش میرے ذہن میں محفوظ نہیں اور وہ بھی صرف اتنا کہ ایک دوہرے دالان میں وہ گردن جھکائے چپ چاپ مجھے دیکھ رہا ہے اور مجھ کو اس کے چہرے کے ساتھ اونچی چھت نظر آ رہی ہے جس کی کڑیوں میں سرخ اور سبز کاغذ کی نچی کھچی سجاوٹ جھول رہی ہے۔

جب میں نے کچھ ہوش سنبھالا تو مجھے احساس ہونے لگا کہ میرا باپ دیر دیر تک گھر سے غائب رہتا ہے۔ یہ اس کا ایسا معمول تھا کہ جلد ہی مجھ کو گھر سے اس کے جانے اور واپس آنے کے وقتوں کا اندازہ ہو گیا۔ میں ان دونوں وقتوں پر، بلکہ ان سے کچھ پہلے ہی، ایک ہنگامہ کھڑا کر دیتا تھا۔ اس کے جاتے وقت میں صحن میں جمع ملبے کے ڈھیر میں سے اینٹوں کے ٹکڑے اٹھا اٹھا کر اسے مارتا رہتا یہاں تک کہ پڑوس کی کوئی خستہ حال بڑھیا آ کر مجھے گود میں اٹھا لیتی۔ ایسی عورتیں میرے مکان کے آس پاس بہت تھیں۔ جتنی دیر میرا باپ گھر سے باہر رہتا، ان میں سے ایک دو عورتیں میرے پاس موجود رہتیں۔ کبھی کبھی ان کے ساتھ میلے کچیلے بچے بھی ہوتے تھے۔ باپ کے جانے کے کچھ دیر بعد میرا غصہ کم ہو جاتا اور میں بڑھیوں سے کہانیاں سننے یا بچوں کے ساتھ کھیلنے میں لگ جاتا، لیکن اس کی واپسی کا وقت قریب آتا تو میرا مزاج پھر بگڑنے لگتا تھا۔ اور جیسے ہی وہ گھر کے صحن میں قدم رکھتا، میں لپک کر اس کی طرف جاتا اور اپنے چھوٹے چھوٹے کم زور ہاتھوں سے

اسے مارنا شروع کر دیتا۔ اس وقت میرا باپ مجھ سے بھی زیادہ ہنگامہ کرتا اور اس طرح چیختا اور تڑپتا تھا گویا میں نے اس کی ہڈیاں توڑ پھوڑ کرر کھ دی ہیں۔ آخر میرا غصہ کم ہو جاتا اور میں اس کا علاج شروع کرتا۔ وہ تتلا تتلا کر مجھے بتاتا کہ اس کو کہاں کہاں پر چوٹیں آئی ہیں اور میں اس کے بدن کو کہیں دباتا، کہیں سہلاتا اور کہیں پر پھونکتا، اس کے فرضی زخموں سے بہتا ہوا فرضی خون پونچھتا اور خیالی شیشیوں سے خیالی دوائیں اس کے منھ میں انڈیلتا، جن کی کڑواہٹ ظاہر کرنے کے لیے وہ ایسے برے برے منھ بناتا کہ مجھے ہنسی آ جاتی تھی۔

اس وقت تک، بلکہ اس کے آخری وقت تک، مجھے علم نہیں تھا کہ وہ میرا حقیقی باپ ہے۔ میں سمجھتا تھا کہ وہ میرے خاندان کا کوئی پرانا ملازم ہے جس نے وفاداری کے ساتھ میری پرورش کی ہے۔ اس غلط فہمی کی ذمہ داری مجھ سے زیادہ خود اس پر تھی۔ اس کا برتاؤ میرے ساتھ واقعی ایسا تھا جیسے میں اس کا آقازادہ ہوں۔ اس لیے میرا برتاؤ اس کے ساتھ برا تھا۔ لیکن میں اپنے وحشیانہ انداز میں اس سے محبت بھی کرتا تھا جس کی وجہ سے اس کا بدن خراشوں سے کبھی خالی نہ رہتا۔

جب میں کچھ اور بڑا ہوا تو اس کا گھر سے نکلنا مجھے اور زیادہ ناگوار گزرنے لگا۔ اب میں کبھی اس کے اوزاروں کا تھیلا چھپا یتا، کبھی اس میں سے کچھ اوزار نکال کر ان کی جگہ اینٹوں یا لکڑی کے ٹکڑے رکھ دیتا، یہاں تک کہ اس نے تھیلا ایک مچان پر چھپا کر رکھنا شروع کر یا۔ اور جب میں اس مچان تک بھی پہنچنے لگا تو ایک دن تھیلا غائب ہو گیا۔ اس کے بعد کئی دن تک میرا باپ گھر سے باہر نہیں نکلا، اور دوہرے دالان کی سرخ سبز سجاوٹ والی چھت کے نیچے بیٹھا لکڑی پر نقاشی کرتا رہا۔ اس میں اس کا انہماک ایسا تھا کہ میں اس کے کام میں مخل ہوتے ڈر رہا تھا، لیکن اس سے زیادہ مجھے اس بات کا ڈر تھا کہ جلد ہی وہ

نقاشی کا کام چھوڑ دے گا اور اوزاروں کا تھیلا نکال کر پھر گھر سے باہر جانا شروع کر دے گا، اس لیے میں اس فکر میں لگ گیا کہ تھیلا تلاش کر کے اسے ہمیشہ کے لیے غائب کر دوں۔ اپنے باپ کو بتائے بغیر کہ مجھے کس شے کی تلاش ہے، میں تھیلے کو مکان کے ایک ایک حصے میں ڈھونڈتا پھرا۔ مکان کے اندرونی دالانوں میں زیادہ تر دروازے مقفل تھے اور مجھے پتا نہیں تھا کہ ان کے پیچھے کیا ہے۔ پرانی وضع کے زنگ آلود قفلوں کو دیکھ کر گمان ہوتا تھا کہ انھیں مدت سے کھولا نہیں گیا ہے بلکہ ان کی کنجیاں بھی کب کی غائب ہو چکی ہوں گی، اس لیے میں نے فیصلہ کر لیا کہ تھیلا ان دروازوں کے پیچھے نہیں ہے۔ لیکن مکان میں ایسے دروازے بھی بہت تھے جو مقفل نہیں تھے۔ ان کے پیچھے مجھے خالی کمرے اور کوٹھریاں نظر آئیں۔ صاف معلوم ہوتا تھا کہ ان میں کا سامان ہٹا کر حال ہی میں ان کی مرمت کی گئی ہے۔ بعض بعض کے فرش پر تو ابھی پانی تک موجود تھا۔ مجھے تعجب ہوا کہ میرا باپ گھر پر بھی کسی وقت معماری کا کام کرتا ہے۔ یہی تعجب کرتا ہوا میں مکان کی مغربی دیوار کے قریب ایک بڑے دروازے کے پاس پہنچ گیا۔ اس دروازے کے دونوں پٹوں پر لکڑی کی دو مچھلیاں ابھری ہوئی تھیں۔ مجھے نہیں معلوم تھا کہ میرے مکان میں کوئی ایسا دروازہ بھی ہے۔ میں دیر تک اس پر ہاتھ رکھے سوچتا رہا کہ اس کے پیچھے کیا ہو گا۔ مجھ کو یقین تھا کہ یہ کسی خالی کمرے کا دروازہ نہیں ہے۔ مزید یقین کے لیے میں نے اسے تھوڑا سا کھول کر اندر جھانکا۔ اوّل اوّل مجھ کو صرف لکڑی کے لمبے لمبے مچان نظر آئے۔ پھر میں نے دیکھا کہ ان مچانوں پر بہت بڑی بڑی کتابیں ترتیب کے ساتھ سجی ہوئی ہیں۔ میں نے ابھی پڑھنا شروع نہیں کیا تھا، تاہم مجھے ان کتابوں میں کچھ دل چسپی سی پیدا ہوئی اور انھیں قریب سے دیکھنے کے لیے میں دروازے سے اندر داخل ہو گیا۔ میں نے دیکھا کہ سامنے والی دیوار کے قریب فرش پر بھی کتابیں ڈھیر ہیں۔ انھیں نزدیک سے دیکھنے

کے لیے میں آگے بڑھا اور کتابوں کی طرف سے میری توجہ ہٹ گئی۔ ڈھیر کے اُس طرف دیوار سے ملی ہوئی چٹائی پر ایک بوڑھا آدمی آنکھیں بند کیے چت پڑا ہوا تھا۔ پرانے کاغذوں کی خوشبو کے بیچ میں وہ خود بھی ایک بوسیدہ کتاب معلوم ہو رہا تھا۔

میں ایک قدم پیچھے ہٹا۔ دور پر میرے باپ کی ہتھوڑی کی ہلکی ہلکی آواز سنائی دے رہی تھی اور میں چٹائی پر پڑے ہوے آدمی کو غور سے دیکھ رہا تھا۔ اپنے بالوں اور لباس سے وہ مجھے کچھ فقیر سا معلوم ہوا۔ اسے اور غور سے دیکھنے کے لیے میں گھٹنوں پر ہاتھ رکھ کر جھکا ہی تھا کہ اس نے آنکھیں کھول دیں، کچھ دیر تک چپ چپ مجھ کو تکتا رہا، پھر اس کے ہونٹ ہلے۔

"آؤ شہزادے،" اس نے کہا، "سبق شروع کیا جائے؟"

پاگل! میں نے سوچا اور بھاگ کر اپنے باپ کے پاس آگیا۔ وہ اسی طرح اپنے کام میں منہمک تھا۔ اس کے بائیں ہاتھ کی انگلیوں میں چاندی کا تار لپٹا ہوا تھا اور داہنے ہاتھ میں ایک نازک سی ہتھوڑی تھی۔ لکڑی کی ایک ہشت پہل تھالی اس کے سامنے تھی جس پر اس نے طرح طرح سے مڑی ہوئی پتیاں ابھاری تھیں اور اب ان پتیوں کی باریک رگوں میں چاندی کا تار بٹھا رہا تھا۔ مجھے اپنے قریب محسوس کر کے اس نے گردن اٹھائی اور آہستہ سے مسکرایا۔

"آیئے"، وہ دھیرے سے بولا، "کہاں گھوم رہے تھے آپ؟"

"وہاں۔۔۔ وہ بڈھا کون ہے؟" میں نے پوچھا۔

"تو آپ نے اپنے استاد کو ڈھونڈھ نکالا،" وہ بولا اور پھر پتیوں کی رگوں میں تار بٹھانے لگا۔

"استاد؟" میں نے پوچھا۔

"لیکن آپ ڈھونڈھ کیا رہے تھے؟" جواب میں اس نے بھی پوچھا اور مجھے یاد آ گیا۔

"تھیلا۔۔۔!" میں نے کہا، "اوزاروں کا تھیلا کہاں ہے؟"

"وہ آپ کو نہیں ملے گا۔"

اب مجھے غصہ آنے لگا۔

"کہاں ہے؟" میں نے پھر پوچھا۔

"نہیں ملے گا۔"

مجھے اور غصہ آیا، لیکن اسی وقت اس نے پوچھا:

"آج کون دن ہے؟"

میں نے اسی غصّے میں بتا دیا اور پھر پوچھا:

"تھیلا کہاں ہے؟"

"پرسوں سے آپ کا سبق شروع ہو گا،" اس نے بڑے سکون کے ساتھ کہا۔ میں نے اسے برا بھلا کہنے کے لیے منھ کھولا ہی تھا کہ اس نے دونوں ہاتھ آگے بڑھا کر مجھے اپنے قریب کھینچ لیا۔ دیر تک وہ میرا چہرہ دیکھتا رہا۔ اس کی آنکھوں میں امید اور افسردگی کی ایسی آمیزش تھی کہ میں اپنا سارا غصہ بھول گیا۔ اس کی مضبوط انگلیاں میری کلائی اور شانے میں گڑی جا رہی تھیں اور بدن دھیرے دھیرے لرز رہا تھا۔ اس حالت میں وہ مجھے ہمیشہ بہت اچھا معلوم ہوتا تھا۔

"چھوڑ، بڈھے!" میں نے ہنستے ہوئے کہا اور لکڑی کی منقّش تھالی پر ہلکی سی ٹھوکر لگائی۔ ایک پتّی کی رگ میں بیٹھا ہوا تار تھوڑا اکھڑ آیا اور میرے باپ نے جلدی سے مجھے چھوڑ دیا۔ اس کی انگلیوں میں لپٹے ہوئے تار نے میری کلائی پر جالی کا سا نقش بنا دیا تھا۔ میں

نے کلائی اس کی آنکھوں کے سامنے کی۔ وہ تار کے نقش کو دیر تک سہلاتا اور پھونکتا رہا، پھر بولا:

"پرسوں سے"، اور پھر بولا، "پرسوں سے۔"

2

سبق شروع ہونے کا خیال مجھے اچھا نہیں معلوم ہوا تھا اس لیے دوسرے دن میں اپنے باپ سے خفا خفا سا رہا، لیکن شام ہوتے ہوتے مجھے اپنے استاد کے بارے میں تجسس پیدا ہوا، اور تیسرے دن میں اپنے باپ کے پیچھے پیچھے قدرے اشتیاق کے ساتھ مچھلیوں والے دروازے میں داخل ہوا۔ استاد چٹائی پر دوزانو بیٹھا ہوا تھا۔ باپ نے مجھے اس کے سامنے بٹھا دیا اور خود فرش پر ڈھیر کتابوں کو اٹھا اٹھا کر مچانوں پر سجانے لگا، یہاں تک کہ فرش پر صرف ایک کتاب پڑی رہ گئی۔

"اسے آپ اٹھایئے، شاباش!" اس نے مجھ سے کہا۔ مجھے یہ سب ایک دل چسپ تماشا معلوم ہو رہا تھا۔ کتاب کا وزن زیادہ تھا، تاہم میں نے اس کو اٹھا لیا اور باپ کے اشارے پر اسے استاد کے سامنے رکھ دیا۔ استاد کتاب پر ہاتھ رکھ کر آہستہ سے مسکرایا اور مجھے حیرت ہوئی کہ پرسوں وہ مجھ کو فقیر کیوں معلوم ہوا تھا۔

"اِسے کھولو، شہزادے،" اس نے کہا۔

کتاب کے چند ابتدائی صفحوں کو چھوڑ کر باقی ورق سادہ تھے۔ اس دن پہلے سادہ ورق پر استاد نے میرا ہاتھ پکڑ کر مجھ سے کچھ لکھوایا۔ اتنی بڑی سی کتاب پر اپنے ہاتھ کی تحریر مجھے بہت اچھی معلوم ہوئی۔ میں چاہتا تھا استاد مجھ سے کچھ اور لکھوائے لیکن میرے باپ نے دونوں ہاتھ آگے بڑھا کر مجھے اپنے قریب کھینچ لیا۔ اس کا بدن پھر دھیرے دھیرے لرز رہا تھا۔ اسی حالت میں دیر تک وہ استاد سے چپکے چپکے باتیں کرتا رہا، لیکن وہ دونوں

معلوم نہیں کن اشاروں میں گفتگو کر رہے تھے کہ میری سمجھ میں ان کی ایک بات بھی نہیں آئی اور میں اپنے باپ کے ہاتھوں کے حلقے میں گھرا ہوا، مچانوں پر سجی بڑی بڑی کتابوں پر نظریں دوڑاتا رہا۔ آخر میرا باپ مجھے لے کر باہر آگیا۔

اس کے بعد سے میرا زیادہ وقت استاد کے ساتھ گذرنے لگا اور میں اپنے باپ کو بھول سا گیا، یہاں تک کہ کچھ دن تک مجھے یہ بھی احساس نہیں ہوا کہ اس نے پھر سے اوزاروں کا تھیلا لے کر کام پر جانا شروع کر دیا ہے۔ مچھلیوں والے دروازے کے پیچھے موٹی کتابوں میں گھرا ہوا استاد مجھے ہر وقت موجود ملتا تھا۔ وہ شاید وہیں رہتا تھا۔ میں اکثر اسے دیکھتا کہ فرش پر ڈھیر کتابوں کے پاس آنکھیں بند کیے چت پڑا ہے اور فقیر معلوم ہو رہا ہے۔ میری آہٹ سن کر وہ آنکھیں کھولتا اور ہمیشہ ایک ہی بات کہتا:

"آؤ، شہزادے، سبق شروع کیا جائے۔"

لیکن اس نے مجھے پڑھایا کچھ نہیں، البتہ لکھنا بہت جلدی سکھا دیا۔ ہر روز لکھنے کی باقاعدہ مشق کرانے کے بعد مجھے اپنے سامنے بٹھا کر وہ بولنا شروع کرتا۔ کسی کسی دن وہ مجھے پرانے وقتوں اور دور دراز کے علاقوں کی دل چسپ باتیں بتاتا، لیکن زیادہ تر وہ میرے اپنے شہر کے بارے میں باتیں کرتا تھا۔ وہ شہر کے مختلف محلّوں میں بسنے والے خاندانوں کا حال سناتا تھا کہ کس محلے کا کون خاندان کس طرح آگے بڑھا اور کیونکر تباہ ہوا اور اب اس خاندان میں کون کون لوگ باقی ہیں اور کس حال میں ہیں۔ یہ دل چسپ قصے تھے لیکن استاد انھیں بے دلی سے بیان کرتا تھا اس لیے وہ مجھے محض بے ربط ٹکڑوں کی طرح یاد رہ جاتے تھے، البتہ شہر کے محلوں کا ذکر وہ اس انداز سے کرتا تھا کہ ہر محلہ مجھے ایک انسان نظر آتا تھا جس کا مزاج اور کردار ہی نہیں، صورت شکل بھی دوسرے محلوں سے مختلف ہوتی تھی۔ جوش میں آکر استاد یہ دعویٰ بھی کرنے لگتا تھا کہ وہ شہر کے کسی بھی

آدمی کو دیکھتے ہی بتا سکتا ہے کہ وہ کس محلے کا رہنے والا ہے یا کن کن محلوں میں رہ چکا ہے۔ اس وقت میں اس کے اس دعوے پر ہنستا تھا لیکن اب دیکھتا ہوں کہ خود مجھ میں یہ صفت کچھ کچھ موجود ہے۔

کبھی کبھی استاد باتیں کرتے کرتے چٹائی پر چت لیٹ کر آنکھیں بند کر لیتا تو میں فرش پر ڈھیر کتابوں کے ورق الٹنے پلٹنے لگتا۔ انھیں ورق گردانیوں میں مجھے معلوم ہوا کہ میں پڑھ بھی سکتا ہوں۔ لیکن ہاتھ کی لکھی ہوئی وہ بھاری بھاری کتابیں میری سمجھ میں نہیں آئیں۔ ان میں بعض تو میری اپنی زبان ہی میں نہیں تھیں، بعض کی عبارتیں اور بعض کی تحریریں اتنی گنجلک تھیں کہ بہت غور کرنے پر بھی ان کا بالکل دھندھلا سا مفہوم میرے ذہن میں آتا اور فوراً نکل جاتا تھا۔ ایسے موقعوں پر مجھے اپنے استاد پر غصہ آنے لگتا اور کئی مرتبہ میں نے اس سے بڑی بدتمیزی کے ساتھ بات کی۔ ایک بار وہ آنکھیں بند کیے چپ چاپ پڑا میری باتیں سن رہا تھا کہ اچانک میرے سر کے اندر چمک سی ہوئی۔ میں نے چلّا کر کہا:

"بہرا ہو گیا ہے، فقیر؟" اور ایک بھاری کتاب اٹھا کر اس کے سینے پر پھینک دی۔

اس کے دوسرے دن مجھے اپنے مکان کے قریب کی ایک چھوٹی سی درس گاہ میں پہنچا دیا گیا۔

اس کے بعد میں شہر کی مختلف درس گاہوں میں پڑھتا رہا۔ شروع شروع میں میرا باپ بڑی پابندی کے ساتھ مجھ کو درس گاہ تک پہنچاتا اور وہاں سے واپس لاتا تھا۔ چھٹی ہونے پر میں باہر نکلتا تو دیکھتا کہ وہ درس گاہ کے پھاٹک سے کچھ فاصلے پر کسی درخت کے تنے سے ٹیک لگائے خاموش کھڑا ہے۔ مجھے دیکھ کر وہ آگے بڑھتا، میری کتابیں سنبھالتا، اور کبھی کبھی مجھ کو بھی گود میں اٹھانے کی کوشش کرتا لیکن میں اسے نوچ کھسوٹ کر

الگ ہو جاتا تھا۔ اگر کسی دن اسے آنے میں دیر ہو جاتی تو میں خوشی خوشی سیر کرتا ہوا تنہا گھر لوٹتا اور دوسرے دن اکیلے جانے کی ضد کرتا تھا۔ آخر رفتہ رفتہ میں نے تنہا جانا اور واپس آنا شروع کر دیا۔ پھر میں خالی وقت اور چھٹّی کے دنوں میں بھی گھر سے باہر نکلنے لگا اور اسی زمانے میں اچھی بری صحبتوں سے بھی آشنا ہوا۔ میں نے شہر کے ان تمام محلوں کے چکر لگائے جن کے بارے میں استاد بتاتا تھا کہ کون ریاکار ہے، کون بزدل، کون چاپلوس اور کون فسادی۔ انھیں گردشوں کے دوران ایک دن میں نے اپنے باپ کو بازار میں دیکھا۔

وہ بازار کے اس حصے میں کھڑا ہوا تھا جہاں ہر روز صبح کے وقت مزدور اور کاریگر کام کی تلاش میں آکر جمع ہوتے تھے۔ اوزاروں کا تھیلا زمین پر اپنی دونوں ٹانگوں کے بیچ میں رکھے وہ آس پاس کے لوگوں سے آہستہ آہستہ باتیں کر رہا تھا کہ اس کی نظر مجھ پر پڑ گئی۔ تھیلا زمین پر چھوڑ کر وہ لپکتا ہوا میری طرف آیا۔

"کیا ہوا؟" اس نے پوچھا۔

"کچھ نہیں،" میں نے جواب دیا۔

وہ کچھ دیر تک مجھے سوالیہ نظروں سے دیکھتا رہا، پھر بولا:

"کوئی بات ہو گئی ہے؟"

"کچھ نہیں،" میں نے پھر کہا۔

"ہمیں دیکھنے آئے تھے؟" اس نے پوچھا، پھر خود ہی بولا، "ایسا ہی ہے تو ہمیں کام پر دیکھیے۔" پھر وہ آہستہ سے ہنسا۔

اسی وقت کسی مزدور نے اس کا نام لے کر پکارا اور وہ اپنے تھیلے کی طرف لوٹ گیا جہاں ادھیڑ عمر کا ایک شخص اس کے انتظار میں کھڑا ہوا تھا۔ اس نے میرے باپ سے کچھ

پوچھا، پھر دیر تک اسے کچھ سمجھاتا رہا۔ وہ بار بار اپنے ہاتھوں سے ہوا میں محراب یا گنبد کی سی شکل بناتا تھا۔ اس کی انگلیوں میں بڑے بڑے نگینوں والی کئی انگوٹھیاں تھیں جنھیں وہ جلدی جلدی انگوٹھے سے گھماتا تھا۔ بہت سی آوازوں کے بیچ میں اس کی اونچی کھرکھراتی ہوئی آواز صاف سنائی دے رہی تھی لیکن یہ سمجھ میں نہیں آتا تھا کہ وہ کہہ کیا رہا ہے۔ کچھ دیر بعد میرے باپ نے اوزاروں کا تھیلا اٹھایا اور اس شخص کے پیچھے پیچھے چل دیا۔ مجھے خیال آیا کہ اس کے تھیلے میں کسی اوزار کی جگہ میرا رکھا ہوا لکڑی یا اینٹ کا ٹکڑا نہیں ہو گا۔ لیکن اس خیال سے مجھ کو خوشی کے بجائے کچھ افسردگی سی محسوس ہوئی۔ اس افسردگی پر مجھے تعجب بھی ہوا۔ میں سیدھا گھر واپس آگیا، اور اگرچہ وہ پورا دن میں نے استاد کے ساتھ فضول بحثوں میں گذارا لیکن تمام وقت مجھے گھر میں باپ کی کمی محسوس ہوتی رہی۔ یہ خیال بھی مجھے بار بار آیا کہ میں نے ابھی تک اس کو معماری کا کام کرتے نہیں دیکھا ہے اور یہ مجھے اپنی بہت بڑی کوتاہی معلوم ہوئی مگر اس کی تلافی کا خیال مجھے نہیں آیا۔

ایک دن سہ پہر کے قریب گھومتا پھرتا میں اپنی ایک پرانی درس گاہ کے سامنے پہنچ گیا۔ یہ درس گاہ مدتوں پہلے ایک تاریخی عمارت میں قائم کی گئی تھی اور اب بھی اس عمارت میں تھی۔ عمارت بوسیدہ ہو چکی تھی اور جب میں وہاں پڑھتا تھا تو اس کی ایک چھت بیٹھ گئی تھی جس کے بعد میرے باپ نے مجھے اس درس گاہ سے اٹھالیا، اس لیے کہ کچھ دیر پہلے تک میں اسی چھت کے نیچے تھا۔ اتنے دن بعد ادھر آیا تو میں نے دیکھا کہ درس گاہ کی ٹوٹی ہوئی چاردیواری درست کر دی گئی ہے۔ لکڑی کا وہ بیرونی پھاٹک غائب تھا جس کے پٹوں میں لوہے کے پھول جڑے ہوئے تھے اور بائیں پٹ میں نیچے کی طرف چھوٹا سا ایک پٹ کا دروازہ تھا۔ اب اس پھاٹک کی جگہ لوہے کا کٹہرے دار پھاٹک تھا جس

کے پیچھے اصل عمارت میں داخلے والی اونچی محراب نظر آ رہی تھی۔ محراب کے پیچھے لوگ چل پھر رہے تھے، حالانکہ وہ چھٹی کا دن تھا۔ یہ سوچ کر کہ شاید ان لوگوں میں کوئی میری جان پہچان والا مل جائے، میں پھاٹک سے گذر کر محراب کی طرف بڑھا۔ قریب پہنچ کر میں نے دیکھا کہ محراب کی پیشانی پر بالکل ویسی ہی دو مچھلیاں ابھری ہوئی ہیں جیسی میرے مکان میں استاد والے کمرے کے دروازے پر تھیں۔ مجھ کو حیرت ہوئی کہ اس درس گاہ میں اتنے دن تک آنے جانے کے باوجود ان مچھلیوں پر کبھی میری نظر نہیں پڑی۔ اب میں نے انھیں غور سے دیکھا۔ محراب کی شکستہ پیشانی کی مرمت کی جا چکی تھی۔ مچھلیاں بھی جگہ جگہ سے ٹوٹی ہوئی تھیں۔ داہنی طرف والی مچھلی کی دم غائب تھی۔ اس کی جگہ نیا نارنجی مسالا بھر دیا گیا تھا اور میرا باپ دو آڑی بلّیوں پر ٹکا ہوا اس مسالے کو مچھلی کی دم کی شکل میں تراش رہا تھا۔ وہ سر پر ایک کپڑا لپیٹے ہوے تھا جس کی وجہ سے میں اسے پہچان نہیں سکا۔ میں نے اسے اس کے تھیلے سے پہچانا جو محراب کے داہنے پائے سے لگا ہوا رکھا تھا اور اس میں سے کچھ اوزار باہر جھانک رہے تھے۔ دیر تک اسے اپنے کام میں کھویا ہوا دیکھتے رہنے کے بعد میں نے زمین پر سے پرانے ٹوٹے ہوے مسالے کا ایک ٹکڑا اٹھا کر اس کی طرف اچھالا۔ ٹکڑا اس کے پیر کے پاس بلّی سے ٹکرا کر واپس گرا اور اس نے نیچے کی طرف دیکھا، آہستہ سے ہنسا، پھر بولا:

"تو آپ نے ہم کو ڈھونڈھ نکالا؟"

مجھے اس کی آواز شکستہ مچھلی کے کھلے ہوے منھ سے آتی معلوم ہوئی۔ وہ پھر اپنے کام کی طرف متوجہ ہو گیا۔

"ابھی کتنی دیر ہے؟" میں نے پوچھا۔

"وقت تو ہو چکا،" اس نے بتایا، "کام تھوڑا باقی ہے، زیادہ دیر نہیں ہے۔" کچھ دیر

بعد وہ نیچے اترا۔ اس کے ہاتھ میں چھوٹے اوزار تھے جنھیں اس نے قریب ہی بنے ہوے ایک عارضی حوض میں دھویا، سر پر لپٹا ہوا کپڑا کھول کر اس سے اوزاروں کو پونچھا اور میری طرف دیکھ کر تھکے ہوے انداز میں مسکرایا۔ میں نے اوزار اس سے لے کر تھیلے میں رکھ دیے اور ہم دونوں ساتھ ساتھ کٹہرے دار پھاٹک کی طرف چلے۔ آدھا راستہ طے کر کے وہ رک گیا۔ اپنی جگہ پر کھڑے کھڑے گردن موڑ کر اس نے اپنے دن بھر کے کام کو دیکھا، پھر پھاٹک کی طرف بڑھ گیا۔

چوتھے یا پانچویں دن میں نے اسے تھیلا لے کر گھر سے باہر نکلتے دیکھا تو پوچھا:

"آج کہاں کام لگایا ہے؟"

"وہیں،" اس نے کہا، پھر بولا، "آج بھی دیر میں لوٹنا ہوگا۔"

لیکن اس دن دوپہر سے ذرا پہلے کچھ طالب علموں کے جھگڑے میں محراب سے لگی ہوئی بلّیاں اس طرح ہلیں کہ میرے باپ کا توازن بگڑ گیا اور وہ مچھلیوں کی اونچائی سے درس گاہ کے سنگی فرش پر آ گرا۔

اس وقت میں گھر ہی پر تھا اور استاد سے کسی فضول بات پر بحث کر رہا تھا۔ دو تین مزدور اسے سہارا دے کر لائے۔ انھوں نے اپنی دہقانی بولی میں حادثے کی مبہم سی تفصیل بتائی اور کام پر واپس چلے گئے۔ اس کے بدن پر کوئی زخم نہیں تھا لیکن اس کی آنکھوں سے معلوم ہوتا تھا کہ وہ کرب میں ہے۔ میں نے اور استاد نے اسے بستر پر لٹا دیا۔

کئی دن تک میرا باپ چپ چاپ بستر پر پڑا رہا اور میرا استاد چپ چاپ اس کے سرھانے بیٹھا رہا۔ پڑوس کی خستہ حال بڑھیاں ان دونوں کی خبر گیری کرتی رہیں۔ میں اس عرصے میں کئی بار گھر سے باہر نکلا لیکن تھوڑی ہی دور جا کر واپس آ گیا۔

ایک دن واپس آتے ہوے مجھے اس محراب اور اس کی پیشانی کی شکستہ مچھلیوں کا

خیال آیا اور میں درس گاہ کی طرف لوٹ گیا۔ وہ بھی چھٹی کا دن تھا۔ میں محراب کے سامنے جا کر کھڑا ہو گیا۔ ایک مچھلی درست ہو چکی تھی۔ اس کی پشت پر سفنوں کا جال اس طرح تراشا گیا تھا کہ معلوم ہوتا تھا ایک ایک سفنے کو الگ الگ ڈھال کر مچھلی کے بدن میں بٹھایا گیا ہے۔ ہر سفنا بیچ میں ہلکا سا ابھرا ہوا، کناروں پر دھنسا ہوا اور دوسرے سفنوں میں پھنسا ہوا نظر آتا تھا۔ مچھلی کی آنکھ کی جگہ ایک گول سوراخ تھا۔ مجھے ایسا محسوس ہوا کہ مچھلی منھ کھولے ہوئے مجھے گھور رہی ہے۔ میں نے اس پر سے نظر ہٹالی۔

دوسری مچھلی کا سارا اوپری مسالا توڑ دیا گیا تھا اور اب اس کے نیچے کی پتلی پتلی اینٹیں نیم دائرے کی شکل میں ابھری رہ گئی تھیں، لیکن ان ابھری ہوئی اینٹوں سے بھی ایک مچھلی کا خاکہ بنتا تھا۔ داہنی طرف والی مکمل مچھلی کے مقابل اس خاکے کی وجہ سے محراب کی پیشانی کچھ ٹیڑھی اور کچھ شکن آلود معلوم ہونے لگی تھی۔ بلّیاں اسی طرح لگی ہوئی تھیں۔ میں نے ایک بلّی کو پکڑ کر آہستہ سے ہلایا۔ اس کی اوپری سرے پر آڑی بندھی ہوئی بلّی ہلکی آواز کے ساتھ محراب سے ٹکرائی۔ یہ آواز بھی مجھے مچھلی کے کھلے ہوئے منھ سے آتی محسوس ہوئی۔ پھر یہ آواز ایک انسانی آواز میں بدل گئی جو دہقانی بولی میں میرے باپ کی خیریت دریافت کر رہی تھی۔ اسی وقت میری نظر محراب کے نیچے کھڑے ہوئے ایک شخص پر پڑی۔ یہ انھیں مزدوروں میں سے ایک تھا جو میرے باپ کو گھر لائے تھے۔ میں نے اس کے سوال کا مختصر جواب دیا اور وہ دیر تک میرے باپ کی کاریگری کی تعریفیں کرتا رہا۔ اس میں اس نے معماری کی کئی ایسی اصطلاحیں استعمال کیں جن کے مفہوم سے میں واقف نہیں تھا۔ پھر اس نے شہر کی بعض مشہور تاریخی عمارتوں کے نام لیے جن کی مرمت اور درستی میں وہ میرے باپ کے ماتحت کام کر چکا تھا۔ اس نے اپنا نام بھی بتایا اور تاکید کی کہ میں اپنے باپ کو بتا دوں کہ اس نام کا مزدور اسے پوچھ رہا تھا۔ پھر

مجھے ٹھہرے رہنے کا اشارہ کر کے وہ پاس کی ایک کوٹھڑی میں داخل ہوا اور میرے باپ کا تھیلا لیے ہوئے باہر آیا۔ تھیلا میرے ہاتھ میں دیتے ہوئے اس نے لمبی سانس کھینچی۔ وہ میرے باپ سے بہت زیادہ عمر کا معلوم ہوتا تھا۔ ایک اور لمبی سانس کھینچنے کے بعد وہ کچھ کہنے ہی کو تھا کہ درس گاہ کے اندرونی حصوں سے کسی نے اس کو آواز دی۔ میں نے اسے محراب میں داخل ہوتے اور بائیں طرف مڑتے دیکھا۔ تھیلے کے اوزاروں میں ہلکی سی کھڑکھڑاہٹ ہوئی اور اگرچہ میری نظریں زمین پر تھیں لیکن مجھے پھر محسوس ہوا کہ داہنی طرف والی مچھلی منھ کھولے ہوئے اپنی آنکھ کے سوراخ سے میری طرف دیکھ رہی ہے۔ میں نے اس کی طرف دیکھے بغیر اوزاروں کو تھیلے میں ٹھیک سے رکھا اور درس گاہ کے کٹہرے دار پھاٹک سے نکل کر سڑک پر آگیا۔ گھر پہنچ کر تھیلا میں نے استاد والے کمرے میں کتابوں کے ایک ڈھیر پر رکھ دیا اور کمرے سے باہر نکل آیا۔

دوہرے دالان میں بستر پر میرا باپ اسی طرح چپ چاپ لیٹا ہوا اور استاد اسی طرح چپ چاپ اس کے سرہانے بیٹھا ہوا تھا۔

3

درس گاہ میں گرنے کے بعد میرا باپ پھر کام پر نہیں جا سکا بلکہ بستر سے اٹھ بھی نہ سکا۔ کچھ دن تک وہ اس طرح گم سم پڑا رہا کہ خیال ہوتا تھا اسے دماغی چوٹ آئی ہے اور وہ اپنے حواس کھو بیٹھا ہے، لیکن ایک بار جب میں نے چاہا کہ اس کا بستر کتابوں والے کمرے میں کر دوں تو اس کی آنکھوں سے ظاہر ہونے لگا کہ وہ اس دوہرے دالان سے ہٹنا نہیں چاہتا جہاں ابھی تک اس نے ہر موسم گذارا تھا۔ آخر رفتہ رفتہ اس نے دھیمی آواز میں بولنا شروع کیا۔ ایک دن اس نے مجھ کو اشارے سے اپنے قریب بلایا اور استاد جو اس کے سرہانے بیٹھا ہوا تھا، اٹھ کر کتابوں والے کمرے میں چلا گیا۔

"میرا کام ختم ہو گیا ہے،" وہ مجھے بستر پر بیٹھنے کا اشارہ کرتے ہوئے بولا۔ مجھے اس کا گردن موڑ کر اپنے دن بھر کے کام کو دیکھنا یاد آیا اور میں نے اس کے سرہانے بیٹھ کر اس کا سر اپنے زانو پر رکھ لیا۔

"ایک مچھلی ابھی باقی ہے،" میں نے گردن جھکا کر اسے دیکھتے ہوئے کہا۔

وہ کچھ بولے بغیر میری طرف دیکھتا رہا۔ مجھے اس کی آنکھوں میں اپنے چہرے کے ساتھ چھت کی کڑیوں سے جھولتی ہوئی سجاوٹ نظر آئی، یا شاید یہ میرا صرف وہم تھا۔ اسی وقت اس نے اپنی گردن موڑ لی اور بولا:

"مجھے بٹھا دو۔"

کئی تکیوں کے سہارے بیٹھنے کے بعد وہ کسی خیال میں ڈوب گیا۔ اس سے پہلے وہ مجھے سوچنے والا آدمی نہیں معلوم ہوتا تھا، لیکن اس وقت کئی تکیوں سے ٹیک لگائے، قاعدے کا صاف ستھرا لباس پہنے وہ کچھ سوچ رہا تھا۔ اور اس وقت پہلی بار مجھے خفیف سا شبہ ہوا کہ وہ میرا حقیقی باپ ہے۔

"جب صرف یہ مکان اور تم باقی رہ گئے،" اس نے چھت کی طرف دیکھتے ہوئے کہا، "تو میں نے سوچا اب مجھے کچھ نہ کچھ کرنا چاہیے۔"

مجھے یقین تھا کہ وہ اپنی زندگی کی کہانی سنانے والا ہے، لیکن وہ خاموشی کے ساتھ چھت کو گھورتا اور کچھ سوچتا رہا۔ پھر دوسری طرف گردن موڑ کر بولا:

"جاؤ، کہیں گھوم آؤ۔"

"جی نہیں چاہتا،" میں نے کہا۔

اس نے میرا شانہ پکڑ کر آہستہ سے اپنی طرف کھینچا۔ اس کی گرفت کمزور اور ہاتھ میں لرزش تھی۔

"سامان کم رہ گیا تھا،" اس نے تقریباً سرگوشی میں کہا، "میں نے اسے اور کم نہیں ہونے دیا۔ تمھیں وہ بہت معلوم ہو گا۔"

مجھے زنگ آلود قفلوں والے بند دروازے یاد آئے۔ میں نے کہا:

"سامان مجھ کو نہیں چاہیے۔"

"میں نے اس میں کچھ بڑھایا بھی ہے۔"

"مجھے کچھ نہیں چاہیے۔"

"اسی میں کہیں وہ بھی ہے،" اس نے کہا، "میں نے اسے تلاش نہیں کیا۔ تم ڈھونڈھ لینا،" پھر کچھ رک کر بولا، "وہ کتابوں میں بھی ہو گا،" یہ کہتے کہتے اس کی حالت کچھ بگڑ گئی۔ میں دوڑتا ہوا استاد کے کمرے میں گیا۔ وہ مجھے دیکھتے ہی اٹھ کھڑا ہوا اور میں اسے ہاتھ پکڑ کر گھسیٹتا ہوا باپ کے بستر تک لایا۔ اس نے گردن گھما کر استاد کو دیکھا، پھر مجھے۔ میری طرف دیکھتے دیکھتے اس نے اپنی ناہموار سانسوں پر قابو پایا اور بولا:

"اُسے الگ مت کرنا، وہ ہمارا نشان ہے۔"

میں نے استاد کی طرف دیکھ کر اشارے سے پوچھا کہ میرا باپ کس چیز کا ذکر کر رہا ہے، لیکن استاد اس طرح گم سم بیٹھا تھا جیسے نہ کچھ سن رہا ہو، نہ دیکھ رہا ہو۔ البتہ میرے باپ کی آنکھیں، جن کی چمک ماند پڑ گئی تھی، کچھ دیکھتی معلوم ہو رہی تھیں۔

"وہ کیا چیز ہے؟" میں نے اس پر جھک کر پوچھا۔

"اس کی خاطر خاندان میں خون بہا ہے،" وہ دھیمی آواز میں بولا اور اس کی مٹھیاں بھنچ گئیں۔ اس کی سانس جو ہموار ہو چلی تھی، پھر ناہموار ہو گئی۔

استاد اسی طرح گم سم بیٹھا تھا اور میری سمجھ میں نہیں آرہا تھا کہ اس موقعے پر مجھے کیا کرنا چاہیے۔ میں نے باپ کے دونوں کندھے پکڑ لیے۔ اب مجھے یقین ہو گیا تھا کہ میں

اس کا حقیقی بیٹا ہوں، اور میری سمجھ میں یہ بھی نہیں آ رہا تھا کہ اسے کیا کہہ کے پکاروں، اس لیے میں اس کے کندھے پکڑے خاموشی کے ساتھ اس کے چہرے کے بدلتے ہوئے رنگوں کو دیکھتا رہا۔ کچھ دیر بعد اس کی حالت اپنے آپ سنبھل گئی اور وہ بالکل ٹھیک معلوم ہونے لگا۔ اس نے بہت صاف اور معتدل آواز میں کہا:

"جاؤ، گھوم آؤ۔"

اس بار میں انکار نہیں کر سکا اور اس کے کندھے چھوڑ کر مکان سے باہر نکل آیا۔

میرا باپ بہت دن زندہ نہیں رہا۔ آخری دنوں میں وہ زیادہ تر خاموش پڑا رہتا تھا، صرف کبھی کبھی آہستہ آہستہ کراہنے لگتا لیکن پوچھنے پر بتاتا نہیں تھا کہ اسے کیا تکلیف ہے۔ ایک بار جب میں نے بہت اصرار سے پوچھا اور اس کے خاموش رہنے پر خود کو غصے میں ظاہر کیا تو اس نے صرف اتنا بتایا:

"کچھ نہیں۔"

اس کے دوسرے یا تیسرے دن دوپہر کے وقت میں سو رہا تھا کہ استاد نے مجھے جھنجھوڑ کر جگا دیا۔ آنکھ کھلتے ہی میں نے سمجھ لیا کہ میرا باپ ختم ہو گیا ہے۔ لیکن جب میں دوڑتا ہوا اس کے بستر کے پاس پہنچا تو وہ مجھے زندہ ملا۔ مجھ کو دیکھتے ہی اس نے ایک ہاتھ آگے بڑھایا اور میرا شانہ پکڑ کر جلدی جلدی کچھ کہنے لگا۔ اس کی آواز بہت دھیمی تھی۔ میں ٹھیک سے سننے کے لیے اس پر جھک گیا، پھر بھی میری سمجھ میں نہیں آیا کہ وہ کیا کہہ رہا ہے۔ بہت جھک کر سننے پر صرف اتنا سمجھ میں آیا کہ وہ تتلا کر بول رہا ہے۔ اسی وقت وہ بے ہوش ہو گیا، اور اسی بے ہوشی میں کسی وقت اس کا دم نکل گیا۔

باپ کے مرنے کے بعد دیر تک میں بالکل پر سکون رہا۔ میں نے بڑی سنجیدگی کے ساتھ اس کے آخری انتظامات کے سلسلے میں استاد سے صلاح مشورہ کیا اور ہر بات کا خود

فیصلہ کیا۔ لیکن جب وہ انتظام شروع ہو گئے تو میرے سر کے اندر کوئی چیز ہلی اور مجھ پر ایک جوش طاری ہو گیا۔ میں نے اسی جوش میں فیصلہ کر لیا کہ موت میرے باپ کی نہیں، میری ہوئی ہے؛ پھر یہ فیصلہ کیا کہ باپ بھی میں خود ہی ہوں۔ پھر مجھ کو یہ دونوں فیصلے ایک معلوم ہونے لگے اور میں نے عجب واہیات حرکتیں کیں: صحن سے اینٹوں کے ٹکڑے اٹھا اٹھا کر دوہرے دالان میں پھینکے اور خود کو مخاطب کر کے تتلانا شروع کر دیا، میرے باپ کا مردہ نہلانے کے لیے جو پانی بھرا گیا تھا اس میں سے کچھ اپنے اوپر انڈیل لیا اور باقی میں کوڑا کرکٹ ملا دیا؛ اس کے بدن پر لپیٹنے کے لیے جو سفید کپڑا منگایا گیا تھا اسے کھول کر خود کو اس میں لپیٹ لیا؛ اور جب اسے لے کر جانے لگے تو اس میں بھی ایسی ایسی رکاوٹیں ڈالیں کہ کئی بار اس کی میت زمین پر گرتے گرتے بچی۔ میں نے اتنا ہنگامہ کیا کہ لوگ اس کے مرنے پر افسوس ظاہر کرنا بھول گئے۔ آخر مجھے زبردستی پکڑ کر واپس لایا گیا اور گھر میں بند کر دیا گیا جہاں سوتی ہوئی خستہ حال بڑھیوں کی تسلی آمیز باتیں سن کر مجھے اتنا غصہ آیا کہ کچھ دیر کے لیے میں اپنے باپ کی موت کو بھول گیا۔ لیکن میں نے ان بڑھیوں پر اپنا غصہ ظاہر نہیں ہونے دیا اور توقع کے بالکل خلاف مجھے نیند آ گئی۔

میں دوسرے دن تک سوتا رہا۔ میں نے کئی خواب بھی دیکھے لیکن ان کا میرے باپ یا اس کی موت سے کوئی تعلق نہیں تھا۔

تین دن تک میں کھویا کھویا سا رہا۔ استاد دن میں کئی بار آتا اور کچھ دیر تک مجھے خاموشی کے ساتھ دیکھتے رہنے کے بعد واپس چلا جاتا تھا۔ چوتھے دن مجھے یاد آیا کہ میرے باپ نے مجھ سے کچھ ڈھونڈھنے کو کہا تھا، اور میں نے بے سمجھے بوجھے گھر بھر میں اسے تلاش کرنا شروع کر دیا۔ اسی تلاش میں پھرتا ہوا میں مچھلیوں والے دروازے میں داخل ہوا اور مچانوں پر سجی ہوئی کتابیں کھینچ کھینچ کر زمین پر گرائیں اور پڑھے بغیر ان کے ورق

پلٹنے لگا۔ فرش پر غبار پھیل گیا اور کاغذ خور روپہلی مچھلیاں کتابوں کے اندر سے نکل نکل کر زمین پر اِدھر اُدھر بھاگنے لگیں۔ اسی میں میری نظر چٹائی کے قریب کتابوں کے ڈھیر پر رکھے ہوئے اوزاروں کے تھیلے پر پڑی۔ میں اس کے قریب بیٹھ گیا، دیر تک بیٹھا رہا اور رات ہوئی تو وہیں سو گیا۔

اس رات میں نے خواب میں اپنے باپ کو دیکھا کہ درس گاہ کی محراب کے آگے کھڑا ہوا ہے اور گردن موڑ کر اپنی درست کی ہوئی مچھلی کو دیکھ رہا ہے اور مچھلی کی آنکھ چمک رہی ہے اور وہ بھی میرے باپ کو دیکھ رہی ہے۔

دوسرے دن میں نے اوزاروں کا تھیلا اٹھایا، گھر سے نکلا اور بازار میں اپنے باپ کی جگہ پر جا کھڑا ہوا۔ دیر ہو گئی تھی اور سب لوگ وہاں سے جا چکے تھے، پھر بھی میں بہت دیر تک اسی جگہ کھڑا رہا اور کسی نے میری طرف توجہ نہیں کی، یہاں تک کہ میرا استاد مجھے ڈھونڈھتا ہوا وہاں آ پہنچا اور میرا ہاتھ پکڑ کر گھر واپس لے آیا۔ راستے میں جب اس نے مجھ کو سمجھانے بجھانے کی کوشش کی تو میں نے اس کے کپڑے پھاڑ ڈالے۔

کئی روز تک اسی طرح استاد سے میرا جھگڑا چلتا رہا، آخر اس نے میرے یہاں آنا چھوڑ دیا، لیکن میرا کھانا وہ دونوں وقت پابندی سے بھجواتا رہا۔ میلی کچیلی آوارہ گرد چھوکریاں اور ہلتی ہوئی گردنوں والی بوڑھی عورتیں مکان کا صدر دروازہ کھٹکھٹاتیں اور کھانے کی پوٹلی میرے ہاتھ میں تھما کر چپ چاپ لوٹ جاتیں۔ مگر ایک دن میں نے دیکھا کہ کھانا لانے والی ایک چھوکری کے پیچھے اس کے کندھے پر ہاتھ رکھے میرا استاد کھڑا ہے۔ مجھے دیکھ کر وہ آگے بڑھ آیا، کچھ دیر تک خاموشی کے ساتھ میری طرف دیکھتا رہا، پھر اپنے سینے کی طرف انگلی سے اشارہ کر کے بولا:

"اب میں ختم ہو رہا ہوں!"

اس دن میں نے روشنی میں پہلی بار اسے غور سے دیکھا۔ اس کے چہرے پر جھریوں کا جال تھا اور وہ ہمیشہ سے زیادہ فقیر معلوم ہو رہا تھا۔ دیر تک ہم دونوں بغیر کچھ بولے آمنے سامنے کھڑے رہے اور اس کے ساتھ کی چھوکری دونوں ہاتھوں سے اپنا سر کھجاتی رہی۔ الجھے ہوئے بالوں میں اس کے بڑھے ہوئے ناخنوں کی رگڑ سے کھرکھراہٹ کی ایسی آواز پیدا ہو رہی تھی جسے سن کر مجھے بہت سی انگوٹھیوں والا وہ شخص یاد آگیا جو میرے باپ کو بازار سے اپنے ساتھ لے گیا تھا، پھر مجھے باپ کے اوزار لے کر اپنا بازار جانا اور استاد کا مجھ کو واپس لانا یاد آیا۔

"میں نے تمھارے ساتھ اچھا سلوک نہیں کیا،" میں نے آہستہ سے کہا۔

اس نے میری بات یا تو سنی نہیں، یا سن کر اَن سنی کر دی اور میری طرف اس طرح دیکھتا رہا جیسے مجھ سے کسی بات کی توقع کر رہا ہو۔ اس طرح وہ میری طرف پہلے بھی کبھی کبھی دیکھنے لگتا تھا جس پر مجھے خواہ مخواہ غصہ آجاتا تھا۔ اس وقت بھی مجھے الجھن سی محسوس ہوئی اور میں نے اس کے چہرے پر سے نظریں ہٹا لیں۔ میں اس سے کچھ کہنا چاہتا تھا لیکن اس سے پہلے ہی اس نے مڑ کر چھوکری کے کندھے پر ہاتھ رکھا۔

"اب طاہرہ بی بی،" اس نے چھوکری کو بتایا اور اس کے پیچھے دھیرے دھیرے چلتا ہوا واپس ہو گیا۔

جب وہ دونوں میری نگاہوں سے اوجھل ہو گئے تو مجھے خیال آیا کہ میں نے استاد سے گھر کے اندر چلنے کو نہیں کہا۔

مجھے اس کا گھر نہیں معلوم تھا۔ پڑوس کی بڑھیوں نے محض اندازے سے اس کے الگ الگ پتے بتائے، لیکن جب میں ان پتوں پر پہنچا تو وہاں کوئی استاد کا جاننے والا نہ نکلا۔ میں نے اس تلاش میں کئی دن ضائع کیے، البتہ اس طرح ایک بار پھر میں نے قریب

قریب پورے شہر کا چکر لگا لیا۔ اس گردش میں اپنے شہر کی تاریخی عمارتوں کو میں نے خاص طور پر دیکھا۔ میں نے ان عمارتوں کے مرمت شدہ حصوں کا غور سے جائزہ لیا اور ان میں کئی جگہ مجھے اپنے باپ کا ہاتھ نظر آیا۔ ان عمارتوں کے کسی نہ کسی دروازے یا داخلے کے پھاٹک پر مجھے مچھلیاں ضرور بنی ہوئی نظر آئیں۔ شہر کے پرانے گرتے ہوئے مکانوں کے دروازے بھی مچھلیوں سے خالی نہیں تھے اور ہر مچھلی مجھے اپنے باپ کی بنائی ہوئی معلوم ہوتی تھی اور ہر شکستہ مچھلی کو دیکھ کر مجھے اپنی درس گاہ کی محراب پر بنی ہوئی مکمل مچھلی یاد آتی تھی۔

انھیں سیروں میں مجھے یقین ہوا کہ مچھلی میرے شہر کا نشان ہے۔ مجھے ایسا محسوس ہوا کہ میں نے مبہم سے معمے کا حل دریافت کر لیا ہے، لیکن اس کے ساتھ مجھے یہ بھی محسوس ہونے لگا کہ حل اصل معمے سے بھی زیادہ مبہم ہے۔ اپنے باپ کا خیال مجھ کو بار بار آنے لگا، یہاں تک کہ ایک گم نام تاریخی عمارت کے کھنڈر کی طرف بڑھتے بڑھتے میں پلٹ پڑا۔ گھر پہنچ کر میں نے استاد کے کمرے والی چٹائی اٹھائی اور دوہرے دالان میں اپنے باپ کے آخری بستر کی جگہ بچھا دی۔ چٹائی کے عین اوپر چھت کی کڑیوں میں سرخ سبز کاغذ کی سجاوٹ جھول رہی تھی۔ میں نے دیکھا کہ اس دالان کی بھی مرمت ہوئی ہے اور چھت میں جگہ جگہ نیا مسالا بھرا گیا ہے۔ لیکن چھت کا وہ حصہ جہاں پر یہ سجاوٹ تھی، بے مرمت رہ گیا تھا اور اس کے پرانے پھولے ہوئے مسالے کو دیکھ کر گمان ہوتا تھا کہ یہ بہت جلد گرنے والا ہے۔ میں نے خواہش کی کہ یہ ابھی گر جائے، اور چٹائی پر لیٹ کر آنکھیں بند کر لیں۔ اسی وقت مکان کے صدر دروازے پر کسی نے دستک دی۔

آخری بار استاد کے ساتھ آنے والی چھوکری دروازے کے سامنے کھڑی تھی۔ وہ ایک ہاتھ سے سر کھجائے جا رہی تھی، دوسرے ہاتھ میں ایک بڑا سا فصلی پھل تھا جس پر

وہ اِدھر اُدھر دانت لگا رہی تھی۔

"کیا بات ہے؟" میں نے پوچھا۔

وہ کچھ دیر تک پھل پر منہ مارنے کے لیے مناسب جگہ تلاش کرتی رہی، پھر بولی:

"طاہرہ بی بی نے کہلایا ہے، آپ کے استاد نہیں رہے۔"

ایک لمحے کے لیے مجھے وہم ہوا کہ استاد اس کے کندھے پر ہاتھ رکھے کھڑا ہے۔ میں دیر تک چھوکری کی طرف دیکھتا رہا یہاں تک کہ وہ شرمانے لگی۔

"کب؟" آخر میں نے پوچھا۔

"کئی دن ہوگئے۔ ہم تین بار آئے، آپ ملے نہیں۔"

"ان کے گھر میں کون کون ہے؟" میں نے پوچھا۔

"استاد کے گھر میں؟ کوئی بھی نہیں۔"

"ان کی دیکھ بھال کون کرتا تھا؟"

"طاہرہ بی بی آجاتی تھیں۔"

"طاہرہ بی بی ان کی کون ہیں؟"

"پتا نہیں سر۔"

"وہ رہتی کہاں ہیں؟"

"طاہرہ بی بی؟ پتا نہیں۔"

اس کے بعد وہ واپس جانے کے لیے مڑ گئی۔ کچھ دیر بعد میں نے صدر دروازہ بند کر لیا اور مڑ رہا تھا کہ پھر دستک ہوئی۔ میں نے دروازہ کھول دیا۔ چھوکری سامنے کھڑی تھی۔ اب اس کے ہاتھ میں پھل کی جگہ سرخ کپڑے کا گولا سا تھا۔

"ہم بھول گئے تھے،" اس نے مجھے دیکھتے ہی کہا اور گولا میری طرف بڑھا دیا، "یہ

رکھ لیجیے، کنجیاں ہیں۔"

"کیسی کنجیاں؟"

"پتا نہیں، طاہرہ بی بی نے دی ہیں۔"

میں نے صدر دروازہ بند کر لیا۔

چٹائی پر کھڑے ہو کر میں نے گولے کو کھولا۔ یہ کسی دبیز مگر بہت نرم کپڑے کا پارچہ تھا جس کے ایک کونے میں پرانی وضعوں کی کنجیاں بندھی ہوئی تھیں۔ پارچے میں سے فصلی پھل کی خوشبو آ رہی تھی۔ میں نے جلدی سے کنجیاں کھول کر اسے چٹائی کے پائینتی زمین پر ڈال دیا اور کنجیوں کو گننے لگا۔ ان میں سے کچھ کا رنگ حال ہی میں صاف کیا گیا تھا۔ سب سے بڑی کنجی، جس کے پورے حلقے پر باریک باریک ہندسے کھدے ہوئے تھے، مجھے استاد کے چہرے سے مشابہ نظر آئی لیکن مشابہت کا سبب میری سمجھ میں نہیں آیا۔ میں نے کنجیاں چٹائی کے نیچے رکھ دیں اور ایک بار پھر لیٹ کر آنکھیں بند کر لیں۔ مجھے اسی جگہ پر اپنے باپ کا مرنا یاد آیا اور میں نے اپنا بدن اکڑا کر پیر پھیلا دیے۔ میری ایڑی کو نرم کپڑے کا لمس محسوس ہوا۔ میں نے آنکھیں بند کیے کیے خم ہو کر سرخ پارچے کو اٹھا لیا اور اس کا گولا بنا کر پھینکنے کو تھا کہ مجھے احساس ہوا اس میں سے پھل کی خوشبو غائب ہو گئی ہے۔ میں اسے اپنے نتھنوں کے قریب لایا اور مجھے شبہ ہوا کہ اس میں کوئی اور خوشبو موجود ہے۔ میری آنکھیں میری خواہش کے بغیر کھل گئیں۔ میں نے پارچے کو پورا کھول کر دونوں ہتھیلیوں پر پھیلا لیا۔ یہ ایک بڑا رومال تھا جس کے بیچ میں بہت ہلکے سبز رنگ کے ریشمی دھاگے سے ایک مچھلی کڑھی ہوئی تھی۔ اس کے سفنوں کا جال چھوٹے چھوٹے پھندوں سے بنایا گیا تھا اور جگہ جگہ سے ادھڑا ہوا تھا۔ لیکن اس وقت میری توجہ مچھلی سے زیادہ اس مدھم خوشبو کی طرف تھی جو پورے رومال میں گشت کرتی

معلوم ہو رہی تھی۔ میں نے رومال کا پھر سے گولا بنالیا اور پوری سانس کھینچ کر اسے سونگھا۔ خوشبو بہت آہستہ آہستہ ابھرتی اور پھر ڈوب جاتی، جیسے کوئی سوتے میں سانس لیتا ہو۔ مجھے خوشبوؤں سے دلچسپی اور عطریات کی اچھی پہچان تھی مگر اس مرکب خوشبو کا کوئی بھی جز میری شناخت میں نہ آسکا۔ میں نے اسے دیر تک اور بڑے دھیان سے سونگھا اور مجھے ایسا محسوس ہوا کہ وہ بڑی آہستگی کے ساتھ رومال سے نکل کر میرے سینے میں اتر گئی ہے۔ میں اسے پہچان تو نہ سکا لیکن مجھے یقین ہو گیا کہ اگر یہ زرا بھی تیز ہوتی تو اسی وقت میرا دم گھٹ جاتا۔

جب نیند سے میری آنکھیں بند ہونے لگیں تو مجھے دھندھلا سا خیال آیا کہ میں اپنے باپ کے مرنے کی جگہ پر لیٹا ہوا ہوں اور ابھی میں نے اپنے استاد کے مرنے کی خبر سنی ہے۔ لیکن اس خیال کا کوئی اثر ظاہر ہونے سے پہلے ہی میں سو گیا۔

میں نے اپنے استاد کو دیکھا، لیکن خواب میں وہ مجھے ایک نوجوان لڑکی نظر آیا اور اس پر، جیسا کہ خوابوں میں اکثر ہوتا ہے، مجھ کو ذرا بھی تعجب نہیں ہوا۔

Ref.: penslipsmagazine.com

***

پنجرے میں قید نیند

نورین علی حق

کافی کوششوں کے باوجود مجھے نیند نہیں آئی۔

نصف شب گزر چکی ہے۔ گھر کے تمام افراد اپنے اپنے کمروں میں سو رہے ہیں۔ آبا واجداد کی پیروی میں ہم آج بھی عشاء کے بعد عشائیہ کرتے ہیں اس کے بعد سب اپنے اپنے کمروں کے ہو جاتے ہیں۔

رات کی الٹی گنتی شروع ہو چکی ہے، شاید میری نیند اس کے اعداد و شمار پر مامور کر دی گئی ہے، بستر پر کروٹیں بدل بدل کر تھک چکا ہوں، چاہتا ہوں کہ اٹھ کر بجلی جلا دوں۔ مگر ایسا کرنا اخلاقی تقاضے کے خلاف ہے۔ میرے بازو میں لیٹی ہوئی یہ عورت، جس کے منہ سے خراٹوں کی نکلتی ہوئی آوازیں، اس وقت مجھ پر خاصی ناگوار گزر رہی ہیں۔ وہ دن دن بھر میرے اور میرے بچوں کے کام کرتے ہوئے تھک جاتی ہے اور بستر پر آکر نڈھال پڑ جاتی ہے۔ عرصے تک مجھے اس کی تھکن کا احساس ہی نہیں ہوا۔ بس اس کی ہڈیاں نچوڑنا اور پسلیاں توڑنا ہی میرا محبوب مشغلہ تھا۔ ان دنوں میرے رویوں میں تبدیلی آتی جا رہی ہے یا شاید میں اس سے اکتا چکا ہوں یا میری جسمانی و نفسانی خواہشات دم توڑ رہی ہیں۔

اس کے خراٹے مسلسل جاری ہیں۔ وہ نیند کی وادی میں سیر کر رہی ہے اور میں گم

گشتہ راہ اونٹ کی طرح سخت ترین اندھیری رات میں صحرا میں بھٹک رہا ہوں۔ کالی، سیاہ ترین رات میں عجیب و غریب خوف ناک اور دل کو دہلا دینے والی آوازیں میرے کانوں سے ٹکرا رہی ہیں۔ میں ان آوازوں سے پیچھا چھڑانا چاہتا ہوں۔ بھاگنا چاہتا ہوں، دور بہت دور بھاگ جانا چاہتا ہوں۔ میں نے جو آوازیں برسوں کے طویل عرصے میں وقفے وقفے سے سنی ہیں، وہ آپس میں خلط ملط ہو رہی ہیں۔ مخلوط آوازیں کسی سیال کی طرح میرے کانوں کے اندر پہنچ کر مجھے ناقابل برداشت حد تک تکلیف پہنچا رہی ہیں۔ میرا جسم پسینے سے شرابور ہو رہا ہے، میں نے خوف کے عالم میں اپنی آنکھیں کھول دی ہیں، اندھیرے کمرے میں ہر طرف سیاہ سایے منڈلا رہے ہیں، ناچ رہے ہیں۔ طرح طرح کی ڈراونی آوازیں نکال رہے ہیں۔ میں انہیں تاریکی میں بھی دیکھ رہا ہوں۔ وہ میری طرف لپک رہے ہیں۔ ان کے بڑھے ہوئے ناخن، منہ سے باہر کو لٹکتی زبانیں، چوکور، سہ کور اور نہ جانے کن کن انداز کے ان کے چہرے، مجھے ڈرا رہے ہیں۔ میں نے اپنی آنکھیں بھینچ لی ہیں۔ آنکھیں بند کر کے چادر میں منہ چھپا لینے کے بعد ان کی تعداد میں مزید اضافہ ہو رہا ہے۔ ان کی آوازیں زیادہ کرخت، زیادہ دردناک، کچھ زیادہ ہی ڈراونی ہوتی جا رہی ہیں۔ میں اپنے بستر پر کروٹیں بدل رہا ہوں۔ گویا شتر مرغ کی طرح ریت میں سر چھپا کر آفت سے بچنا چاہتا ہوں۔ نیند کی دیوی مجھ سے ناراض ہے، میں اس کی منتیں اور سماجتیں کر رہا ہوں۔ دل کی اتھاہ گہرائیوں سے اسے پکار رہا ہوں۔ میرے پاس اس کا کوئی پتہ نہیں ہے۔ وہ غائب ہے یا شاید ان سایوں نے اسے اغوا کر لیا ہے۔

میں ان آوازوں کو سن کر انہیں سمجھنا چاہتا ہوں۔ بند کمرے میں ان کے داخل ہونے کا راستہ دیکھنا چاہتا ہوں۔ میں پریشان ہوں۔ آوازیں پوری طرح سمجھ میں نہیں آ رہی ہیں۔ بستر کے اندر پڑے پڑے حبس کا احساس ہو رہا ہے۔ زبان خشک ہو کر تالو

سے چپک گئی ہے۔ میں بولنا چاہتا ہوں، بول نہیں پا رہا ہوں۔ میری بیوی سو رہی ہے۔ میں اسے جگانا چاہتا ہوں مگر وہ مجھے نظر نہیں آ رہی ہے۔ ہر طرف سایے ہی سایے منڈلا رہے ہیں۔ دیواروں پر، روشن دانوں پر، کمرے کی کھڑکیوں پر، چھت کی دیواروں سے بھی چپکے ہوئے ہیں، کبھی ہنس رہے ہیں، کبھی رو رہے ہیں۔ ان کی ہنسی اور رونے کے درمیان میری بیوی کے خراٹے سخت ترین اندھیری رات میں ہونے والی موسلا دھار بارش کے درمیان گرجنے والی بجلی کا کام کر رہے ہیں۔

میں اپنے دونوں ہاتھوں کو ادھر ادھر مار رہا ہوں۔ دونوں پیروں کو پٹک رہا ہوں۔ کانوں کے پردوں کو پھاڑ دینے کی حد تک آوازیں بلند اور صاف ہو گئی ہیں البتہ ان آوازوں کے جنگل میں چند ہی آوازوں کو میں سمجھ پا رہا ہوں۔ انتقام۔ انتقام۔ انتقام۔

ہر طرف سایے ہی سایے ہیں، ہر سایے کو مجھ سے شکایت ہے۔ وہ مجھ سے انتقام لینا چاہتے ہیں۔ سایے میرے ذریعہ کی گئی ناانصافیوں کو چیخ چیخ کر بیان کر رہے ہیں۔ ڈراؤنی آوازوں کے ساتھ میری طرف لپک رہے ہیں۔

"کیا ہوا؟"

"ہاتھ، پیر کیوں چلا رہے ہو؟"

میری بیوی جاگ چکی ہے، حیرت زدہ مجھے دیکھ رہی ہے، اٹھ کر بیٹھتے ہی اس نے اپنے ہاتھوں کے کٹورے میں میرے چہرے کو ڈال لیا، کبھی بغور دیکھ رہی ہے۔ کبھی اپنے نرم ملائم ہاتھوں سے میرا پسینہ پوچھ رہی ہے۔ اس کی آنکھوں میں میرے لیے ترحم کا دریا موجزن ہے۔ اس کے آنسو باہر نکلنے سے پہلے ہی میں بول پڑا ہوں۔

"کچھ نہیں ہوا۔"

"کیسے کچھ نہیں ہوا۔ خواب دیکھ رہے تھے؟"

"نہیں بابا۔" کچھ سوچتے ہوئے میں نے جواب۔

"تو پھر نیند میں ڈر گئے ؟"

میں خاموش ہوں۔ مجھ میں جواب دینے کی ہمت نہیں ہے۔ لیکن اس کا یہ رویہ مجھے اچھا لگ رہا ہے۔ اس کے جاگنے سے تھوڑی ڈھارس تو بندھی ہے، مگر اس کے پھر سے سو جانے کے بعد کے خطرات میرے ذہن پر منڈلا رہے ہیں، وہ میرے بدبودار پسینے کو اپنے نرم و نازک ہاتھوں سے خشک کر رہی ہے۔ اضطراری کیفیت میں ہے۔ ہر طرف اپنے ہاتھ پھیرتی جا رہی ہے۔ اس کے ہاتھ میں اس کے ڈوپٹے کا پلو ہے، جس سے وہ اپنے سر، بال، کاندھوں اور ہاتھوں کو ڈھک کر اکثر اپنی عبادتوں میں مصروف رہتی ہے۔ اس کا ڈوپٹہ میرے بدبودار پسینے سے اٹ گیا ہے۔ میرے بدبودار جسم کے بدبودار پسینے سے تر اپنے ڈوپٹے کے پلو کو وہ اپنے داہنے ہاتھ میں لیے رونی سی آواز میں کہہ رہی ہے۔

"آخر کیا ہو گیا تمہیں۔ اتنے ڈرے ہوئے کیوں ہو؟"

"نہیں، نہیں۔۔"

میری آواز مجھے بہت دور سے آتی محسوس ہو رہی ہے جنگل کے درختوں اور جھاڑیو ں کے درمیان سے یا دور پانی کی لہروں میں ڈوبتی جا رہی ہے۔ بیوی کے جگنے کے بعد خوف ناک سایے میرے ارد گرد خاموش کھڑے ایک دوسرے کو کچھ اشارے کر رہے ہیں۔ میں دیکھ رہا ہوں، میری کیفیت دِگرگوں ہے۔ بیوی کی موجودگی کی وجہ سے مجھ میں تھوڑی ہمت تو ہے مگر وہ میری آنکھوں سے دور نہیں ہو رہے ہیں۔ بیوی بستر سے اٹھ چکی ہے۔ بجلی کے کھٹکوں کے بورڈ کی طرف بڑھ رہی ہے، شاید بجلی جلا کر مجھے دیکھنا چاہتی ہے۔ میری حالت کا اندازہ لگانا چاہتی ہے۔ میں نے اسے کچھ نہیں کہا وہ آگے بڑھ رہی ہے۔ میرے اندر ایک بار پھر سراسیمگی پھیلتی جا رہی ہے۔ خاموش سایے میرے قریب

آتے جارہے ہیں۔ کالے، سخت سیاہ سایے میرے جانے پہچانے چہروں میں تبدیل ہورہے ہیں،ان کے چہروں کے تاثرات بھی بدل رہے ہیں۔ ایک منظر آتا ہے۔ پھر غائب ہوجاتا ہے۔ دوسرا منظر آتا ہے پھر وہ بھی غائب ہوجاتا ہے۔ کبھی انسان کبھی سایہ کبھی چہرہ کبھی سیاہی۔ میں سوچ رہاہوں یہ کون سا منظر ہے، یہ کون سا عالم ہے،ماضی کے دریچے واہونا چاہتے ہیں اور میں ماضی کو بالکل نہیں دیکھنا چاہتا۔

بیوی نے زیرو پاور کا بلب آن کردیا ہے۔ بلب کی مدھم روشنی میں مجھے دیکھ رہی ہے اور میں اس کے ساتھ تمام سایوں کو بھی دیکھ رہا ہوں۔ دائیں بائیں، اوپر نیچے۔ آگے، پیچھے، ہر طرف سایے ہیں، وہ بلب آن ہوتے ہی اپنے وجود میں سمٹتے جارہے ہیں،ان کے دیو ہیکل اجسام چھوٹے ہورہے ہیں، چھوٹا ہوتے ہوتے نقطوں اور چھوٹے چھوٹے ذروں میں تبدیل ہوکر خلا میں گھوم رہے ہیں۔ میری بیوی مجھے غور سے دیکھ رہی ہے۔ ایک آندھی چلی ہے۔ گردوغبار سے میرا بستر اور خود میں اٹ گیا ہوں۔ دیو ہیکل اجسام سے چھوٹے چھوٹے ذرات میں تبدیل ہونے والے سایے ناک،کان اور آنکھوں کے ذریعہ میرے پھیپھڑوں اور نہ جانے کہاں کہاں تک پہنچ رہے ہیں۔ میں نے اپنے دونوں ہاتھ زور سے اپنے چہرے پر رکھ لیے ہیں۔ ناک، منہ اور کانوں کے سوراخوں کو بند کررہا ہوں اور سایے کسی نہ کسی سوراخ سے میرے اندر داخل ہورہے ہیں۔ سایوں کا تانڈو کچھ کم ہوگیا ہے۔ پریشان سی بیوی میرے پاس آکر بیٹھ گئی ہے۔

"تمہارا چہرہ سرخ ہورہا ہے،،بہت زیادہ ڈر گئے ہو۔ کیا پتہ خواب میں کیا دیکھا۔ اب بتاؤگے بھی نہیں۔ چلو کوئی نہیں۔"

وہ مسکرانے کی کوشش کررہی ہے، اس کا غم اس کی مسکراہٹ پر غالب ہے۔ میں بھی مسکرانے کی اداکاری کررہا ہوں۔ اس نے میرے سر کو اپنے زانو پر رکھ لیا ہے۔

میرے چہرے پر اپنا دایاں ہاتھ پھیر رہی ہے۔ میں نے کوئی رد عمل نہیں کیا۔ بس خالی خالی نگاہوں سے کبھی اسے اور کبھی چھت کو گھورتا رہا، وہ میری ناک، تھوڑی، ہونٹوں، کانوں کی لوؤں اور میرے رخساروں سے کھیلتی رہی۔ میرے چہرے پر ذرا شادابی لوٹی تو اس نے میرے سر کو دبانا شروع کر دیا۔ آہستہ آہستہ میرے بالوں میں اپنی انگلیاں پھیرنے لگی۔ کافی دیر تک میرے سر کو دبانے کے بعد اس نے اپنے ایک پیر کو سیدھا کر لیا۔ پھر تھوڑی دیر تک مجھے دیکھتی رہی۔ شاید میری حالت کا اندازہ لگا رہی ہے۔ میرے اندر کی گھٹن اور چہرے سے خوف کے آثار کم ہونے لگے ہیں۔ میرا چہرہ پر سکون نظر آرہا ہے۔ مجھے غنودگی آرہی ہے۔ بہت سنبھل کر اس نے میرے سر کو تکیئے پر رکھ دیا۔ شاید اسے بھی نیند آرہی ہے۔ اس کے باوجود میری دل بستگی کے لیے یہ سب کچھ کر رہی ہے۔ یا یوں کہیے کہ اپنے فرائض ادا کر رہی ہے، جس کی تعلیم اسے ماں کی گود سے ملنی شروع ہو گئی تھی۔ تکیئے پر سر جاتے ہی میں چونک گیا ہوں۔ اس نے جلدی میں اپنے دونوں پیر سیدھے کیے۔ اس کے پیر میرے پیٹ اور رانوں سے مس کرتے ہوئے نیچے کی طرف بڑھ گئے۔ وہ اپنے پیروں کے ناخنوں سے میرے پیروں کو کھرچ رہی ہے۔ ہم دائیں کروٹ لیٹے ہوئے ہیں۔ درمیان میں فاصلہ نہیں ہے۔ اس کا بایاں ہاتھ میری پشت پر ہے۔ ذرا دیر اس نے اپنے ہاتھ سے میری پیٹھ سہلائی پھر اس کا ہاتھ میرے سر کے پچھلے حصہ سے جا لگا اور کہنی میری پیٹھ پر ٹکی رہی۔ میری سانسیں اس کی سانسوں سے ٹکرا رہی ہیں۔ اس نے میرے بائیں رخسار پر اپنا داہنا رخسار رکھ کر چادر تان لی۔ ہم دونوں چادر کے اندر رہیں۔

"اب کیسا لگ رہا ہے؟ ٹھیک ہو؟"

"ہوں۔۔۔ ٹھیک ہوں۔۔۔"

"پھر آواز اتنی غم زدہ کیوں ہے ؟"

اس نے میرے رخسار سے اپنا چہرہ ہٹالیا۔ آنکھوں میں آنکھیں ڈال کر مسکرا رہی ہے۔ اپنی ناک میری ناک سے ٹکرا رہی ہے۔

"آج کتنے اچھے لگ رہے ہو، ہمیشہ اسی طرح معصوم اور شریف بن کر رہا کرو۔ عرصے بعد رات کو بھی تم انسان ہو۔"

اس کے گرم گرم بوسے، سے میرے دل کی دنیا بدل رہی ہے۔ کوئی اور رات ہوتی تو اس کے اظہار محبت کا جواب اس سے زیادہ ٹوٹ کر میں دیتا۔

"تمہیں یاد ہے نینی تال کی وہ رات، تم نے مجھے کتنا پریشان کیا تھا، ساری رات جگانے کے باوجود صبح ہی صبح اٹھ کر تیار ہو گئے تھے"۔

میں نے اپنی آنکھیں کھول کر اپنے چہرے پر مسکراہٹ سجالی اور آنکھوں سے اس کے سوال کا جواب دیا۔ وہ بھی مسکراتی رہی، اس نے اپنے رخسار کو ایک بار پھر میرے رخسار پر رکھ دیا اور شرماتی ہوئی ناز وادا کے ساتھ میرے کان میں کہا "بہت اچھے ہو تم۔"

جوابا مسکراتے ہوئے میں نے اس کے رخسار کا بوسہ لیا اور چہرے کو اپنی جگہ لے آیا۔ اپنا اور اس کا ماضی میری نگاہوں کے سامنے ہے۔ اس کے جذبات، محبت، جاں نثاری کی حد تک عشق کا غلبہ، گھریلو ذمہ داریوں کی خوش اسلوبی کے ساتھ ادائیگی، میری چھوٹی بڑی خواہشات اور ضروریات کا خیال رکھنا وہ اب تک اپنے ضروری کاموں سے زیادہ اہم سمجھتی ہے۔

وہ اپنی رو میں بولتی جا رہی ہے۔ نینی تال کے ہوٹل، ہوٹل کا کھانا، ناشتہ، وہاں کی جھیلیں، کھائیاں، جنگلات سب اس کے ذہن پر نقش ہیں۔

"کتنا مزہ آیا تھا۔ وہاں بوٹ میں گھومنے میں، دور تک پانی ہی پانی، تا حد نظر پہاڑوں

کا سلسلہ، جھیل کے کنارے کنارے اور پہاڑوں پر عجیب و غریب اور دلکش انداز میں بنے ہوئے گھر۔ دیکھنے میں ہی آنکھوں کو کتنا سکون ملتا ہے اور دوسری طرف گھنے جنگل۔ میرے روکنے کے باوجود تم بوٹ کو لوگوں کی نگاہوں سے دور لیے جا رہے تھے۔ اللہ مجھے حیرت ہوتی ہے کہ تم۔۔۔۔۔۔۔۔۔۔۔۔ تم تو واقعی شروع کے بے غیرت ہو۔ میں نے جب ایسے ویسے کاموں سے روکا تو تم چڑھ گئے۔ لیکن برہمی کا اظہار نہیں کیا۔ ہنسنے اور کھیلنے کے انداز میں جھیل کا پانی ہاتھ میں لے کر مجھ پر ڈالتے رہے۔ تمھیں شرم بھی نہیں آرہی تھی کہ میں بھیگ رہی ہوں۔"

سفر نامہ سن کر میں ہاں ہوں کر رہا ہوں۔ غنودگی اس پر حاوی ہوتی جا رہی ہے اور وہ سفر نامہ سنائے جا رہی ہے۔ میری پیٹھ کھل گئی ہے۔ اس نے چادر درست کی اور پھر سے ہم دونوں چادر کے اندر ہیں۔ ہمارے چہرے کھلے ہوئے ہیں۔ زیرو پاور کا بلب کمرے میں ہلکی اور ملگجی روشنی کا احساس کرا رہا ہے۔

میں اس کے اور اپنے ماضی کے سحر سے باہر نہیں نکل سکا ہوں۔ وہ جب سے مجھے ملی ہے، ایک پجارن کی طرح بے لوث مجھے پوجے جا رہی ہے۔ اسے مجھ پر ناقابل یقین حد تک یقین ہے۔ شاید یہی وجہ ہے کہ اب تک وہ میرے ساتھ ہے۔ ورنہ میرا رویہ اس کے ساتھ ہمیشہ منافقانہ رہا۔ وہ ایک مشرقی عورت ہے۔ گھر سے باہر میں کیا کر رہا ہوں۔ اسے کبھی کوئی مطلب نہیں رہا اور میں ہمیشہ لاوارث جانوروں کی طرح کسی بھی کھیت میں منہ مارنے کی کوششیں کرتا رہا۔ مجھ سے عمر میں بڑی ہو یا چھوٹی، اسٹوڈینٹ ہو یا شاپ کیپر، پڑوسی ہو یا رشتے کی بھابھی یا راہ چلتی ہوئی کوئی ادھیڑ عمر عورت۔ کوئی میری آنکھوں سے بچ نہیں سکی۔ نظر نہ آنے والا انچ ٹیپ ہمیشہ میری آنکھوں کی پتلیوں میں تیار رہتا ہے اور طرفہ تماشا یہ کہ میرے پاس اچھی خاصی داڑھی بھی ہے، سر اور داڑھی میں گنے

چنے بال ہوں گے، جو کالے رہ گئے ہیں۔ میں خود کو مذہب کا ٹھیکیدار بھی بزعم خود مانتا ہوں۔ اپنے اعمال کو درست ثابت کرنے کے لیے قرآن وحدیث کے نصوص سے دلائل بھی اکٹھا کر لیتا ہوں۔ کبھی تعلیم و تعلم کے پیشے سے وابستہ نہیں رہا۔ آباواجداد کی کتابیں اور بیاضیں پڑھ کر ترغیب ملی اور مطالعے کے شوق نے پڑھنے لکھنے کی طرف مائل کر دیا۔

وہ نینی تال کی کہانی سناتے سناتے میرے نامکمل اورادھورے جواب سے اکتا کر تھک کر سو چکی ہے۔ میں اس کے چہرے کو بغور دیکھ رہا ہوں۔ اس کی سانسیں ذرا تیز تیز چل رہی ہیں، خراٹے کی آواز ابھی نہیں آرہی ہے۔ میں پھر سے خوف محسوس کر رہا ہوں۔ دل ہی دل میں دعا کر رہا ہوں کہ یہ خراٹے نہ بھرے۔ میں آنکھوں کی پتلیاں ادھر ادھر گھما رہا ہوں۔ میرے وجود کے اندر عجیب سی اینٹھن ہو رہی ہے۔ میرے پیٹ، سینہ اور آنتوں میں کچھ پھنسا ہوا ہے، شاید وہ سایے آہستہ آہستہ باہر آرہے ہیں، جو تھوڑی دیر پہلے میرے اندر چلے گئے تھے۔ میری بیوی نے کروٹ بدل لی ہے اور بے خبر سو رہی ہے۔ میں نہیں چاہتا کہ اسے پھر سے جگا دوں۔ مگر میری حالت ابتر ہے۔ میں جمائیاں لے رہا ہوں، سونا چاہتا ہوں مگر نیند نہیں آرہی ہے۔ بار بار چھینک رہا ہوں۔ میری ناک میں کوئی چیز اٹکی ہوئی ہے۔ کانوں میں انگلیاں ڈال رہا ہوں، انہیں کھینچ رہا ہوں، سر پر ہاتھ پھیر رہا ہوں۔ دل کی گہرائیوں سے نیند کو پکار رہا ہوں۔ بستر پر پڑے پڑے اکتاہٹ ہو رہی ہے اور سایوں کی تعداد بڑھتی جارہی ہے۔ میں چت لیٹ کر چھت کو تاک رہا ہوں۔ میرے اوپر سیلنگ فین کے پاس ایک سایہ پنجرے میں میری نیند کو قید کیے ہوئے ہے۔ وہ میرے چہرے کے بالکل اوپر پنجرے کو زور زور سے ہلا رہا ہے، میں دیکھ رہا ہوں۔ میری نیند پنجرے میں قید ہے اور پنجرے کے اندر جھٹکے

کھارہی ہے،لہولہان ہورہی ہے۔میں اپنا داہناہاتھ اس کی طرف بار باراٹھارہاہوں،میرے اٹھے ہوئے ہاتھ کو دیکھ کر سایہ قہقہ لگارہاہے۔مجھے چڑارہاہے۔آوازیں بلند کررہاہے۔لو۔۔۔۔۔۔لے لواپنی نینداور زورزور سے پنجرے کو جھٹکے دے رہاہے۔اس کے ساتھی بھی تالیاں ماررہے ہیں اور ٹھٹھاکررہے ہیں۔رونگٹے کھڑے کردینے والی مکروہ ترین آوازیں نکال رہے ہیں،بار بار اپنے چہروں کے تاثرات بدل رہے ہیں۔میں ان کی یہ حرکت دیکھ کرغصے سے پاگل ہورہاہوں۔سایے کو پکڑ کر زبردستی اپنی نیند کو چھین لینا چاہتاہوں۔لیکن میرے پاس خاموشی اور سراسیمگی کے علاوہ کچھ نہیں ہے۔بیوی کروٹیں بدلتے ہوئے مجھ سے دور ہوتی جارہی ہے۔میں پھر سے پسینے پسینے ہوچکاہوں۔آدھے سر میں درد ہورہاہے۔بار بار جمائی آرہی ہے۔آنکھوں میں چبھن ہورہی ہے۔بستر پر کروٹیں بدل بدل کر عاجز آچکاہوں اور کمرے میں سایوں کا تانڈو بڑھتاجارہاہے۔میرے بدبودار پسینے سے میرابستر بھیگ رہاہے۔میری بدبوخود میرے لیے پریشانی کا سبب بن رہی ہے۔

میں اکتاکر اپنے کمرے سے نکل گیاہوں۔صحن کی کھڑکی سے سڑک کو دیکھ رہاہوں۔سڑک پرھو کا عالم ہے۔آسمان پر چاند ستارے کہیں نظر نہیں آرہے ہیں۔اسٹریٹ لائٹ جلی ہوئی ہے،جس سے دھندلی اور پیلی روشنی نکل رہی ہے۔فضاخاصی مغموم ہے۔صحن میں بھی رکنے کا دل نہیں چاہ رہاہے۔یہاں بھی ہر طرف سایے ہیں۔وہ سایہ اب بھی اپنے ہاتھ میں پنجرہ لیے میرے پیچھے پیچھے چل رہاہے۔میری طرف پنجرے کو بڑھارہاہے اور پھر اپنی طرف کھینچ رہاہے۔میں پنجرے کی طرف لپک رہاہوں اور سایہ مجھ سے دور بھاگ رہاہے۔میں اس کے پیچھے دوڑرہاہوں۔وہ آگے پیچھے،دائیں بائیں،مجھے گھمائے جارہاہے اور میں اس کا تعاقب کررہاہوں۔میں الٹے سیدھے جملے

ادا کر رہوں، چیخ چیخ کر سایوں کو گالیاں دے رہا ہوں۔ نیند کو حاصل نہ کر پانے کے قلق اور شکست خوردگی کے احساس کے ساتھ میں اس ہال میں آ گیا ہوں، جہاں خصوصی تقریبات ہوتی ہیں اور مہمانوں کے لیے بھی وہی مخصوص ہے۔ ہال میں ایک روحانی محفل سجی ہوئی ہے۔ لوگوں کا ازدحام ہے، ہارمونیم اور دَف کی تھاپ کے ساتھ توری صورت کے بلہاری نجام، سب سکھین میں چنر موری میلی، دیکھ ہنسیں نرناری، سب سکھین میں چنر موری میلی، میلی میلی کی آواز میرے کانوں سے ٹکرا رہی ہے۔ میں نے ہال کا دروازہ اندر سے بند کر لیا ہے۔ غور سے محفل میں شریک لوگوں کو دیکھ رہا ہوں۔ یہ میرے جانے پہچانے چہرے ہیں۔ ان پر وجد وحال طاری ہے۔ مسند نشیں کو دیکھ رہا ہوں۔ وہاں کوئی اور نہیں، کلف کیے ہوئے کرتے پاجامے، صدری اور ٹوپی میں ملبوس خود میں ہوں۔ محفل میں موجود میرے چہرے پر روحانیت ہے۔ ہال کے دروازے کے سمت مخالف میں قد آدم شیشہ ہے۔ اپنے روحانی چہرے کو دیکھنے کے بعد میری نظر شیشے پر چلی گئی ہے۔ شیشے میں نظر آنے والا میں، محفل میں موجود مسند نشیں سے بالکل مختلف ہے۔ شیشے میں، میں دیکھ رہا ہوں، میرے داہنے ہاتھ کی آستین، ہاتھ سے باہر ہے، بائیں ہاتھ کی آستین کہنی تک چڑھی ہوئی ہے۔ کرتے کے بٹن کھلے ہوئے ہیں، داڑھی اور سر کے بال ادھر ادھر بکھرے ہوئے ہیں، ایک پائنچہ میرے پیر سے باہر نکلا ہوا ہے۔ دوسرا پنڈلی تک چڑھا ہوا ہے۔ میری حالت بدتر ہے۔ شیشے میں میرا سراپا ایک پاگل کی طرح اور گندگی میں اٹا ہوا نظر آ رہا ہے۔ کسی نے میرا ایک بازو پکڑ کر اپنی طرف مخاطب کیا ہے۔ میں اس کی طرف مڑ گیا ہوں۔ میری نظروں کے سامنے وہ سایہ ہے، جس کے ہاتھ میں پنجرہ ہے، اس میں میری نیند قید ہے۔ وہ شیشے کی طرف اشارہ کرتے ہوئے کہہ رہا ہے۔ تمہاری کون سے تصویر حقیقی ہے، شیشے والی یا محفل والی۔ یک بہ

یک میری نگاہیں اپنے قدموں پر ٹک گئی ہیں۔ میں اپنے داہنے پیر کے ناخن سے زمین کھرچ رہا ہوں اور قدموں کو دیکھے جا رہوں۔ اس نے پھر کہا ہے۔ "خاموش کیوں ہو، بتاؤ اپنی حقیقت۔" ضبط کا باندھ ٹوٹ گیا ہے، زور زور سے بے خودی کے عالم میں چیخ رہا ہوں۔ میرے منہ سے کانپتی بلکتی ھاھاھا، ھوھوھو کی آوازیں نکل رہی ہیں۔ چوں یک جرعہ رسید ازوے بہ حافظ۔ ہمہ عقل و خرد بیکار دیدم کی آواز فضا کو مرتعش کر رہی ہے۔ ایک مخصوص دھن میں سب سکھین میں چنر موری میلی، اب کی بہارے چنر موری رنگ دے کی تکرار میرے کانوں سے ٹکرا رہی ہے، میں ایک ہاتھ کی پشت کو دوسرے ہاتھ کی ہتھیلی پر تیز تیز مار رہا ہوں اور بلند ہوتی آوازوں کو دہراتا جا رہا ہوں۔ کبھی ہاتھوں کو سر سے اوپر اٹھا رہا ہوں، کبھی چہرے پر مار رہا ہوں اور کبھی ایک کی ہتھیلی پر دوسری کی پشت مار رہا ہوں۔ میں نے اپنے دونوں ہاتھوں سے اپنے بالوں کو زور زور سے کھینچتے ہوئے زمین پر گھٹنے ٹیک دیے ہیں، گریہ وزاری کر رہا ہوں۔ میرا جسم ہچکولے کھا رہا ہے۔ سب سکھین میں، سب سکھین میں، سب سکھین میں چنر موری میلی۔

Ref.: urduchannel.in

***

وجود بے سایہ

سلیم سرفراز

سورج سوا نیزے پر کھڑا تھا سر پر مئی کی برہنہ رقص کرتی ہوئی دھوپ اور قدموں تلے نڈھال بچھی ہوئی کولتار کی نم آلود لیکن شعلہ فشاں سڑک سنسان اور پر سکوت اس کا جسم چولہے کی تیز آنچ پر چڑھے ہوئے توے کی طرح تپ رہا تھا اس کے پیروں میں پلاسٹک کی چپل تھی جو گرم کولتار کی پگھلی سڑک پر چپک چپک جاتی تھی وہ بمشکل قدم اٹھاتا ہوا آگے بڑھ رہا تھا اسے شدت سے کسی ایسے سائے کی ضرورت محسوس ہو رہی تھی جہاں وہ کچھ دیر کے لیے اپنے مضمحل جسم کو دھوپ کے سفاک اور بے رحم پنجوں سے بچا سکے لیکن کہیں جائے پناہ نہیں تھی یکایک اس کے ذہن میں ایک گھنے اور سایہ دار درخت کی شبیہ ابھری اسے یاد آیا کہ تھوڑی ہی دوری پر وہ درخت موجود ہے اس نے خود کو تسلی دیتے ہوئے خود کلامی کی۔

"بس تھوڑا سا حوصلہ اور کچھ ہی فاصلے پر وہ گھنا سایہ دار شجر منتظر ہے اس کی مہربان بانہوں میں قدرے راحت مل جائے گی"

اس حوصلہ افزا دلاسے سے اس کے شل ہوتے جا رہے پیروں میں توانائی بھر گئی اور اس کے قدم سرعت سے اٹھنے لگے کچھ ہی لمحوں کے بعد وہ اس مقام پر پہنچ گیا۔

لیکن یہ کیا۔۔۔؟ اس کی آنکھوں میں حیرت کی گرم ریت بھر گئی اس نے اپنی جلتی

ہوئی آنکھوں کو ہاتھ سے ملتے ہوئے چہار سمت دیکھا سبھی آشنا مناظر نگاہوں کے سامنے اپنی موجودگی کا اعتراف کر رہے تھے لیکن وہ درخت غائب تھا جس کے سائے میں راحت پانے کی چاہ میں وہ اپنے پژمردہ جسم کو کسی طرح یہاں تک گھسیٹ لایا تھا لیکن یہ کیسے ممکن ہے؟ اس نے گہری بے یقینی سے سوچا کل تک تو وہ تناور درخت اپنے بے شمار بازوؤں کو فضا میں پھیلائے ہوئے یہیں پر کھڑا تھا کیا اسے راتوں رات کاٹ ڈالا گیا لیکن آس پاس درخت کے کٹنے کا کوئی نشان تو ہوتا وہ کوئی چھوٹا سا پودا نہیں تھا زمین کے بڑے رقبے کو اس کی جڑیں قبضہ کیے ہوئے تھیں درخت کٹ جانے کے باوجود اس کی جڑیں تو ہوتیں وہاں تو کولتار کی سڑک بچھی تھی جسے دیکھ کر قطعی اندازہ نہیں ہوتا تھا کہ وہ آج کل میں بچھائی گئی ہو تو کیا اس کا ذہن انتشار کا شکار تھا؟ کیا یہ وہ جگہ نہیں جہاں وہ درخت موجود تھا؟ اس نے بہ نظر غائر چاروں طرف کا جائزہ لیا سامنے ہی سڑک کی دوسری جانب کسی موبائل کمپنی کا اونچا ٹاور حسب سابق کھڑا تھا اس کے قریب ہی پختہ چبوترے پر ملک کے ایک بڑے رہنما کا قد آور مجسمہ نصب تھا درخت کے نیچے بیٹھ کر وہ ہمیشہ انہیں دیکھتا آیا تھا انہیں اپنے سابقہ مقام پر دیکھ کر اس کا یقین قوی ہوا کہ وہ صحیح جگہ پر ہے لیکن تعجب خیز امر تھا کہ وہ درخت اپنی جگہ پر نہیں تھا آخر وہ کدھر کھو گیا؟ وہ گہرے مخمصے میں پڑ گیا وہ دیر تک وہیں کھڑا اس ناقابلِ یقین معمے کو حل کرنے کی سعی کرتا رہا سنسان سڑک پر کوئی ذی نفس بھی نہیں تھا کہ اس سے اس درخت کے متعلق استفسار کیا جاتا معاً اس کی نگاہ مخالف سمت سے آتے ہوئے ایک شخص پر پڑی تو اسے تھوڑا اطمینان ہوا شاید وہ اس گتھی کو سلجھانے میں مدد کر سکے قریب آنے پر اس نے دیکھا کہ وہ ایک ستر بہتر سالہ بزرگ تھے ان کے وجیہ چہرے پر گہری سنجیدگی اور متانت تھی چھریرے جسم پر سلیقے کا لباس تھا کچھ سوچتی ہوئی سی گہری آنکھوں پر نفیس قسم کی عینک چڑھی تھی اس نے انہیں اپنی

جانب متوجہ کیا تو وہ استفہامیہ نظروں سے اسے دیکھنے لگے۔

"بڑے میاں! یہاں ایک گھنا سایہ دار درخت تھا کیا آپ جانتے ہیں کہ وہ کیا ہوا؟"۔

اس نے اس جگہ کی طرف اشارہ کیا تو بزرگ نے ادھر دیکھا وہ کچھ دیر تک اپنے ذہن پر زور ڈالتے رہے اور پھر پر خیال آواز میں گویا ہوئے۔

"ہاں! شاید برسوں پہلے یہاں ایک درخت ہوا کرتا تھا"

"میں برسوں پہلے کی بات نہیں کر رہا ہوں"

اس کے لہجے میں قدرے تلخی در آئی۔

"وہ درخت کل تک یہاں موجود تھا"

"اچھا!" ان کے چہرے پر پشیمان سی مسکراہٹ ابھری۔

"بیٹے مجھے تو ہر واقعہ ہر منظر برسوں پہلے کا ہی لگتا ہے دراصل ضعیفی نے میرے ذہن کو خاصا متاثر کیا ہے تمہارے کہنے پر مجھے بھی یاد آرہا ہے کہ کل تک اس جگہ ایک تناور درخت موجود تھا لیکن وہ گیا کہاں؟"

انہوں نے بھی تعجب کا اظہار کیا تو اسے گہری ناامیدی ہوئی۔

"میں تو کافی دیر سے اسی تذبذب میں مبتلا ہوں کہ وہ کہاں گم ہو گیا یہ تو یقینی بات ہے کہ اسے کاٹا نہیں گیا ورنہ زمین پر کچھ نشانات تو ہوتے آخر وہ ایک تناور درخت تھا"

دونوں دیر تک اپنے اپنے خیالوں میں کھوئے ہوئے کھڑے رہے قدرے توقف کے بعد کچھ سوچتے ہوئے اس نے بزرگ سے استفسار کیا۔

"کیا درخت بھی چلتے ہیں؟ کیا پتہ وہ خود ہی یہ جگہ چھوڑ کر کہیں اور چل دیا ہو"

"درختوں کے چلنے کے بارے میں تو میں یقین کے ساتھ کچھ نہیں کہہ سکتا"

بزرگ نے معذوری ظاہر کی اور پھر خوابیدہ لہجے میں بولے۔

"لیکن ہاں! انہیں باتیں کرتے تو میں نے دیکھا ہے برسوں پہلے جب میں بچہ تھا اور گاؤں میں رہتا تھا ہمارے آنگن میں بہت سے درخت تھے میری ماں گھریلو کام سے فرصت پا کر گھنٹوں ان سے باتیں کرتی رہتی تھی جب وہ کلام کر سکتے ہیں تو شاید چلتے بھی ہوں"

"میں بہت دور سے اس کے سائے میں بیٹھنے کی خواہش لیے چلا آرہا ہوں لیکن یہاں اس کا وجود ہی نہیں مجھے لگتا ہے کہ یہ خواہش مجھے تا عمر پریشان رکھے گی اچھا ایک التجا کروں کیا آپ اسے تلاش کرنے میں میرا تعاون کر سکتے ہیں؟"

اس کے لہجے میں کچھ ایسی لجاجت اور لرزش تھی کہ بزرگ کا دل درد سے بھر آیا انہوں نے سرعت سے کہا۔

"ہاں! ہاں! کیوں نہیں بیٹے میں یقیناً اس جستجو میں تمہارا ساتھ دوں گا مجھے بھی بے حد تجسس ہے کہ وہ کہاں گیا؟"

"میں تو اس راستے سے کسی سائے کی تلاش کرتا ہوا آرہا ہوں ظاہر سی بات ہے کہ ادھر یہ درخت نہیں گیا آپ مخالف سمت سے آرہے ہیں کیا آپ نے راستے میں کوئی درخت دیکھا؟"

"کہہ نہیں سکتا"

بزرگ کے لہجے میں خجالت کے آثار تھے۔

"دراصل میرے اندر یادوں کا ایسا ہجوم ہوتا ہے کہ مجھے باہر کے مناظر کی مطلق خبر ہی نہیں ہوتی"

"تو پھر کیوں نہ اسی طرف چلتے ہیں"

بزرگ نے اثبات میں سر کو جنبش دی تو دونوں اس طرف چل پڑے ہر چند کہ

دھوپ کی تپش میں مزید اضافہ ہو چکا تھا لیکن اب اسے قطعاً اس کا احساس نہ تھا کافی دور چلنے کے باوجود درخت نظر نہ آیا تھا اس نے بزرگ کی طرف دیکھا وہ بھی متلاشی نگاہیں ہر سو دوڑاتے ہوئے اس کے ساتھ چلے آرہے تھے معاً اس احساس سے اسے تاسف ہوا کہ وہ اپنے مقصد کے حصول کے لیے اس بزرگ اور شریف النفس انسان کے ساتھ زیادتی کر رہا ہے اس نے خفت آمیز لہجے میں انہیں مخاطب کیا۔

"میری وجہ سے آپ بھی پریشان ہو رہے ہیں گھر میں بیوی بچے آپ کے منتظر ہوں گے"

"نہیں! نہیں! پریشانی کی کوئی بات نہیں یوں بھی میرے گھر میں میرا انتظار کرنے والا کوئی نہیں"

"کیا مطلب؟ آپ کی بیوی۔۔۔ اور بچے۔۔۔"

اس نے تعجب سے پوچھا۔

"میرے دو بیٹے ہیں دونوں سنہری خوابوں کے تعاقب میں دور دیس چلے گئے میری بیوی ان کی جدائی برداشت نہ کر سکی پچھلے برس ہی داغ مفارقت دے گئی اب گھر میں کسی آسیب کی طرح میں تنہا بھٹکتا رہتا ہوں حالانکہ کھانے پینے کی فکر نہیں پنشن کی رقم سے بسر اوقات ہو جاتی ہے بس یادوں کا بے رحم لشکر سدا حملہ آور ہوتا رہتا ہے جس کے خوف سے میں بھاگا بھاگا پھرتا ہوں"

اس نے محسوس کیا کہ ان کی آواز میں اشکوں کی آمیزش ہونے لگی ہے انہوں نے یکلخت خود کو سنبھالا اور قدرے توقف کے بعد اس سے مخاطب ہوئے۔

"لیکن اتنی شدید دھوپ میں تم کہاں سے آرہے ہو؟ تمہیں دیکھ کر تو لگتا ہے کہ تم شب خوابی کے لباس میں ہی گھر سے نکل پڑے ہو۔" اس کے تمام وجود کو ایک زوردار

جھٹکا سا لگا اس کے قدم رک گئے ذہن میں آندھیاں سی چلنے لگیں آنکھوں کے سامنے خزاں رسیدہ پتوں کی طرح گزشتہ واقعات اڑنے لگے۔

وہ دیر رات تک کمپوٹر پر دفتری کام کرتا رہا تھا پلکیں نیند سے بوجھل ہونے لگیں تو اس نے کمپوٹر بند کیا اور بستر پر دراز ہو گیا بیوی بچوں کے ساتھ میکے گئی ہوئی تھی اس لیے بغل کا حصہ خالی تھا دن بھر کا تھکا ماندہ جسم جلد ہی نیند کی آغوش میں سما گیا جانے کتنی دیر ہوئی تھی کہ پاس رکھے ہوئے موبائل کی تیز آواز سے اس کی آنکھیں کھل گئیں اس نے موبائل اٹھا کر رسیو کیا دوسری جانب سے ایک اجنبی آواز ابھری۔

"میں سنٹرل اولڈ ایج ہوم سے بول رہا ہوں آپ کے والد کا اچانک انتقال ہو گیا ہے تجہیز و تکفین میں شامل ہونے کے لیے آپ آجائیں"

اس کے ہاتھ سے موبائل گر پڑا آنکھوں تلے اندھیرا سا چھا گیا اور وہ بے حس و حرکت بیٹھا رہ گیا بہت دیر بعد وہ بستر سے اٹھا لرزش زدہ قدموں سے چلتے ہوئے دروازہ کھولا اور باہر نکل گیا چاروں طرف صبح کی نرم کرنیں پھیلی ہوئی تھیں لیکن اس کے دماغ میں لاوے سے دہک رہے تھے اسے یاد نہیں کہ وہ کس طرح اولڈ ایج ہوم پہنچا اور کیسے تجہیز و تکفین کا سارا عمل انجام پایا وہ قبرستان سے نکلا تو دھوپ شدت اختیار کر چکی تھی اور جسم میں کانٹے کی طرح چبھنے لگی تھی وہ خالی الذہن سا آگے بڑھتا گیا تھا راستے میں دھوپ ناقابل برداشت ہوتی گئی تو اسے اس درخت کا خیال آیا تھا۔

"کیا ہوا؟ کن خیالوں میں کھو گئے؟" بڑے میاں کی آواز پر جیسے وہ خواب سے بیدار ہوا اس نے پھٹی پھٹی نا آشنا نگاہوں سے ان کی جانب دیکھا اور وحشت زدگی سے بڑبڑایا۔

"میں قبرستان سے آرہا ہوں اپنے والد کو دفن کر کے۔۔۔۔۔"

"اوہ!"

بڑے میاں گہرے تاسف میں ڈوب گئے۔

"میں انہیں اولڈ ایج ہوم میں داخل کرانا نہیں چاہتا تھا لیکن۔۔ میری بیوی۔۔۔۔۔"

اس کی بھرائی ہوئی آواز جیسے کسی گہرے کنویں سے ابھری۔

"میں سمجھتا ہوں بیٹے"

بڑے میاں نے تسلی آمیز نرم لہجے میں کہا۔

"وہ بوڑھے ہو گئے تھے دمہ کے مریض تھے جس کی وجہ سے کبھی کبھی رات بھر پریشان رہتے میری بیوی کو بے حد نا گوار لگتا وہ ان کی نگہداشت کرنا تو دور ان کے وجود کو بھی گھر میں برداشت کرنے پر قطعی آمادہ نہیں تھی وہ مجھ پر دباؤ ڈالتی رہتی تھی کہ انہیں اولڈ ایج ہوم میں داخل کر دیا جائے میں نے اسے سمجھانے کی حتی الامکان کوشش کی لیکن لا حاصل۔۔ اس مسئلے پر گھر میں روزانہ تلخی پیدا ہو جاتی یہ سب میرے والد کے بھی علم میں تھا ایک دن انہوں نے خود کہا کہ انہیں اولڈ ایج ہوم میں داخل کر دیا جائے میرے انکار کرنے پر وہ بضد ہو گئے آخر ش تنگ آ کر میں نے انہیں وہاں داخل کروا دیا شروعات میں روزانہ دفتر سے واپسی پر ان سے ملنے جاتا تھا لیکن پھر اس میں وقفہ آنے لگا دراصل میری بیوی نے دونوں بچوں کو مہنگے انگریزی میڈیم اسکول میں داخل کروا دیا تھا ان کے تعلیمی اخراجات اور گھریلو ضروریات کی تکمیل کے لیے میں ایک پارٹ ٹائم جاب بھی کرنے لگا تھا میری مصروفیت بڑھتی گئی تھی ادھر تو میں بہت دنوں ان سے مل بھی نہیں پایا تھا کہ آج صبح اچانک۔۔۔۔۔"

اس کی آنکھیں آنسوؤں سے بھیگ گئیں بڑے میاں نے بے حد شفقت سے اس کے شانے پر ہاتھ رکھا تو وہ کسی کٹے ہوئے شہتیر کی طرح ان کے بازوؤں میں ڈھے گیا

سنسان اور پر سکوت سڑک پر اس کا گریہ گونجنے لگا بڑے میاں اپنے شانے پر اس کے سر کو رکھے اس کی پشت کو نرمی سے تھپکتے رہے کافی دیر بعد اس کا گریہ تھما اس نے کاندھے سے سر اٹھایا اور آستین سے اپنی آنکھیں پونچھنے لگا بڑے میاں نے پیشکش کی۔

"تم چاہو تو میرے گھر چل سکتے ہو قریب ہی ہے تھوڑی دیر آرام کر کے چلے جانا"

وہ کسی معمول کی طرح ان کے ساتھ چل پڑا کچھ ہی فاصلے پر چھوٹا سا ایک مکان تھا جس کے دروازے پر قفل جھول رہا تھا انہوں نے جیب سے چابی نکالی اور تالا کھولا وہ اسے لیے ہوئے اندر اس کمرے میں داخل ہوئے جو شاید خوابگاہ کے طور پر استعمال ہوتا تھا اسے پلنگ پر بیٹھنے کے لیے کہہ کر وہ دوسرے کمرے میں چلے گئے ثانیے بھر بعد وہ ایک طشت میں کھانے کی اشیا سجالائے طشت اس کے پاس رکھتے ہوئے انہوں نے نرمی سے کہا

-

"کھاؤ! میں چائے بنا کر لاتا ہوں"

ان اشیا کو دیکھ کر اسے احساس ہوا کہ اسے زوروں کی بھوک لگی ہے اس نے انہیں شکم میں ڈالنا شروع کر دیا اس کا کھانا ختم ہونے کو تھا کہ وہ چائے لے کر حاضر ہو گئے چائے پیتے ہوئے اس نے بڑے میاں کو غور سے دیکھا ان کے چہرے پر طمانیت کا گہرا عکس جھلملا رہا تھا معاً اسے اپنے والد یاد آگئے عرصہ قبل جب وہ بچہ تھا شام ہوتے ہی وہ دروازے پر اپنے والد کے انتظار میں بیٹھا رہتا تھا اس کے والد کام سے لوٹتے ہوئے اس کے لیے کھانے پینے کی کوئی شے ضرور لاتے اسے اپنے پاس بٹھا کر بڑی محبت سے کھلاتے وہ کھاتا رہتا اور اس کے والد اسے گہری نگاہوں سے تکتے رہتے اس نے یاد کیا کہ اس وقت ان کے چہرے پر طمانیت اور آسودگی کا کچھ ایسا ہی عکس لہراتا ہوا نظر آتا تھا۔

جب وہ چائے سے فارغ ہو چکا تو بڑے میاں برتن اٹھاتے ہوئے بولے۔

"تم تھوڑی دیر آرام کرلو دھوپ کی شدت میں کمی آجائے تو گھر چلے جانا"

اس نے اثبات میں سر کو جنبش دی اور لیٹ گیا جلد ہی نیند اس پر حاوی ہوگئی جب اس کی آنکھیں کھلیں تو بڑے میاں اس کے قریب ہی ایک کرسی پر بیٹھے ہوئے تھے وہ اس کی طرف متوجہ ہوئے تو وہ اٹھتے ہوئے بولا "لگتا ہے بہت دیر ہوگئی اب مجھے چلنا چاہیئے"۔

وہ پلنگ سے اٹھ کھڑا ہوا بڑے میاں بھی کرسی سے اٹھ گئے اور گویا ہوئے۔

"ٹھیک ہے بیٹے جاؤ لیکن اسے تم اپنا ہی گھر سمجھنا کبھی کسی درد بھرے لمحے میں کسی کاندھے کی ضرورت ہو تو بلا تردد یہاں چلے آنا یہ بوڑھا تمہارے لیے دست دعا دراز رکھے گا"۔

اس نے شکر گزار نگاہوں سے اس مہربان شخصیت کو دیکھا اور باہر نکل آیا دھوپ اب نرم پڑ چکی تھی اور اس کے لمس میں وہ ناگوار چبھن نہیں رہی تھی وہ اسی راستے پر ہولیا جس سے یہاں تک آیا تھا کچھ ہی دیر بعد وہ اسی مقام پر پہنچ گیا جہاں سے بڑے میاں ساتھ ہوئے تھے۔

"ارے! یہ کیا؟"

اس کی سخت حیرت سے پھٹی آنکھیں چھلانگ مار کر اس جگہ پہنچ گئیں جہاں وہ گھنا سایہ دار درخت اپنے مکمل وجود کے ساتھ پہلے کی طرح ہی کھڑا تھا ——————

Ref.: urduchannel.in

***

کتابستان

شاداب رشید

35 سال بعد جب دوبارہ اپنے شہر اپنے محلے میں قدم رکھا تو محسوس ہوا جیسے سب کچھ بدل گیا ہے۔

جب آہستہ آہستہ راستے اور گلیوں سے آنکھیں مانوس ہونے لگیں تو احساس ہوا کہ نہیں کچھ بھی نہیں بدلا ہے صرف لوگ بدل گئے ہیں۔ پرانے چہروں کی جگہ نئے چہروں نے لے لی ہے۔ سڑکیں اور گلیاں آج بھی ویسی کی ویسی ہی تھیں بلکہ بد سے بدتر ہو چکی تھیں۔ دکانیں بھی کم و بیش ویسی ہی تھیں جیسی کہ آج سے پینتیس سال پہلے تھیں بس فرق صرف اتنا تھا کہ تقریباً ہر دکان چار چار پانچ پانچ فٹ باہر کی جانب نکلی ہوئی تھیں۔ جس کی جتنی گنجایش تھی اتنی باہر، یہاں تک کہ کچھ دکانیں تو سڑک تک نکل آئی تھیں۔فٹ پاتھ ندارد اور جو دکانیں اپنی حدود میں تھیں وہاں کی فٹ پاتھوں پر بھی قبضہ ہو چکا تھا جن پر کئی چھوٹے چھوٹے موبائل کے باکڑے، پان بیڑی کی ٹپریاں اور کھانے پینے کے ٹھیلے لگ گئے تھے۔پیدل چلنے والے سڑکوں پر چل رہے تھے اور گاڑیاں ایک دوسرے کو روندتی چلی جارہی تھیں۔ اتنے سالوں میں ایک فرق تو یہ آیا تھا کہ موٹر سائیکل اور گاڑیوں کی تعداد میں بے تحاشا اضافہ ہو گیا تھا۔ جتنی گاڑیاں اتنے ہی ہارن۔ جس طرح کسی گلی میں ایک کتے کے بھونکتے ہی گلی کے تمام کتے بھونکنا شروع

کر دیتے ہیں ٹھیک اسی طرح ٹرافک سگنل جیسے ہی لال سے ہرا ہوتا ایک ہارن بجتے ہی تمام کی تمام گاڑیوں کے ہارن چیخنے لگتے ہیں۔

اس ماحول کو دیکھ کر مجھ پر ہیبت سی طاری ہونے لگی۔ دل گھبرانے لگا اور میں فوراً گھر لوٹ آیا۔ میری بیوی ہمیشہ میرا چہرہ بڑی آسانی سے پڑھ لیا کرتی تھی، میں اُس سے کبھی کچھ نہیں چھپا پاتا تھا۔ میری شکل دیکھتے ہی پوچھنے لگی، "کیا ہوا؟ اتنے پریشان کیوں دکھائی دے رہے ہو؟ طبیعت تو ٹھیک ہے نا؟"

"نہیں، کچھ بھی نہیں۔ ٹھیک ہوں۔"

"تم نے صبح بلڈ پریشر اور ڈایبٹیز کی گولیاں کھائی تھیں؟" اس نے آنکھیں نکالتے ہوئے پوچھا۔

"ہاں۔ کھائی تھیں۔"

"پھر اتنے پریشان کیوں ہو۔ اور اتنا پسینہ کیوں آرہا ہے تمھیں؟"

"کہا نا کچھ نہیں۔ بس تھوڑی تھکان ہوگئی ہے۔ اتنا چلنے کی عادت جو نہیں رہی۔" میرے جواب پر وہ مطمئن ہوگئی۔ "تم سناؤ۔ تمھارا دن کیسا رہا۔"

"مت ہی پوچھو تو اچھا ہے۔"

"کیوں؟ کیا ہوگیا؟"

"اوہو، آپ کے جانے کے بعد میں آپا کے ساتھ بازار چلی گئی۔ وہاں ایک نوجوان لڑکے نے اپنی موٹر سائیکل سے ایک بزرگ کو ٹکر مار دی، یہی نہیں خود کی غلطی مان معافی مانگنے کے بجائے وہ تو اُس چچا کو ہی گالیاں دینے لگا۔ مجھے تعجب تو تب ہوا جب میں نے دیکھا کے کسی کو بھی اس جھگڑے میں دلچسپی نہیں ہے۔ ہر کوئی اپنی دھن میں مگن دوڑا چلا جارہا ہے۔ جیسے انسانیت نام کی کوئی چیز ہی نہیں رہی اس شہر میں۔" میں اپنی بیوی کے

چہرے پر بھی وہی ہیبت محسوس کرنے لگا جو کچھ دیر پہلے مجھ پر طاری تھی۔ وہ بولے چلے جارہی تھی، "آپا بھی کہنے لگی کہ چلو چلو یہ تو روز کا ہے۔ بتاؤ یہ بھی کوئی بات ہوئی، اس سے اچھا تو دبئی تھا۔ مجال ہے جو وہاں اس طرح کی کوئی واردات ہو جائے۔ اور اگر ہو بھی جاتی ہے تو پولیس کے آنے سے پہلے ہی آس پاس موجود لوگ جھگڑے کو نپٹانے کی کوشش کرنے لگتے ہیں۔ مگر یہاں۔ ہائے توبہ۔"

میرے اور اُس کے حالات تقریباً تقریباً ایک جیسے لگ رہے تھے۔

"اوہو، آپ خالی ہاتھ آئے ہیں کیا؟" اچانک بیوی کے سوال پر میں چونک پڑا۔

"ہوں، ہاں ہاں۔"

"کیوں؟ آپ تو کتابستان گئے تھے نا؟ خالی ہاتھ لوٹ آئے۔ کوئی کتاب نہیں لائے ساتھ میں۔ تعجب ہے!"

"نہیں۔ میں وہاں گیا ہی نہیں۔ دراصل میرا ایک پرانا دوست مل گیا تھا راستے میں، اس کے ساتھ چائے پینے اور باتیں کرنے میں اتنا وقت گزر گیا کہ پتا ہی نہیں چلا۔" پتا نہیں کیوں یہ جھوٹ میرے منہ سے اپنے آپ ہی نکل گیا، شاید میں نہیں چاہتا تھا کہ جن حالات سے وہ ابھی ابھی دوچار ہوئی ہے میں بھی اپنی پریشانی بتا کر اُسے دگنا کر دوں۔

"خیر، اچھا ہے۔ میں تو سوچ رہی تھی کہ واپس لوٹتے ہی تم پھر سے پسارے جمع کرنا شروع کر دوگے۔" وہ مجھ پر ایک طنزیہ مسکراہٹ پھینکتی کمرے میں چلی گئی اور میں ہمیشہ کی طرح غصے کے کڑوے گھونٹ پی کر رہ گیا۔

میری کتابوں کو وہ ہمیشہ ہی 'پسارا' کہا کرتی تھی۔ کتابیں جنھیں زندگی کا سرمایہ کہا جاتا ہے، میرے گھر والے دنیاوی سرمایے کے لیے وہی میری زندگی سے دور کرنے میں لگے ہوئے تھے۔ میرے دبئی چلے جانے کے بعد اُنھوں نے کتابوں کو آہستہ آہستہ ٹھکانے لگانا

شروع کر دیا اور پھر مکمل طور پر دبئی منتقل ہوتے وقت یہ کہہ کر کہ "کہاں اپنے ساتھ لادتے پھروگے" بچی کھچی کتابوں کو بھی رڈی میں تلوادیا تھا۔ میں بھی مجبور تھا کہ پتا نہیں دبئی سے کب لوٹنا ہو ساتھ ہی یہ بھی خدشہ تھا کہ پتہ نہیں اب دوبارہ کب واپس آنا ہو، اس بیچ ان کتابوں کا کیا ہو گا!

آج اپنے شہر لوٹتے ہی مجھے کتابستان کی یاد آگئی اور پہلی ہی فرصت میں مَیں نے وہاں کا رُخ کیا مگر اس شہر کی افراتفری دیکھ کر وہاں تک جانے کی ہمت ہی ٹوٹ گئی۔ ایک زمانے تک میں نے اپنے اس شوق کو دبائے رکھا تھا۔ اب دوبارہ مجھے موقع ملا ہے اپنا یہ شوق پورا کرنے کا۔ اور میں نے اپنی بیوی کو بھی تنبیہہ کر دی ہے کہ اس بار اس کی زبردستی نہیں چلے گی، میں کتابیں خریدوں گا اور ضرور خریدوں گا۔ آج تو میں خالی ہاتھ لوٹ آیا تھا مگر میرا ارادہ اٹل تھا۔ میں دوبارہ اس محلے میں جاؤں گا، کتابستان میں جاؤں گا۔

کتابستان۔ اس نام کے ساتھ ہی میں ہمیشہ چالیس پچاس سال پیچھے چلا جاتا تھا۔ کتابستان وہ گلی تھی جہاں دونوں طرف کتابوں کی بے شمار دکانیں تھیں جن میں دکانوں کے باہر فٹ پاتھ تک کتابوں کا ڈھیر لگا ہوتا تھا۔ دکانوں میں کتابیں رکھنے کے کھانوں میں کتابیں ٹھونسی ہوتی تھی، ٹیبل پر کتابوں کا انبار لگا ہوتا تھا اور تو اور زمین پر بھی کتابوں کے چھوٹے بڑے پہاڑ ہر طرف پھیلے ہوتے تھے۔ کم و بیش ہر دکان کا یہی حال ہوتا تھا۔ یہی نہیں اس گلی کی فٹ پاتھوں پر بھی چھوٹے چھوٹے باکڑے بنے ہوئے تھے جس میں کتابیں، کتابچے، پاکٹ بکس اور کلینڈر بھرے ہوتے تھے۔ وہاں آنے والے ہر خاص و عام کی تشنگی کی کتابیں وہاں موجود تھیں۔ چاہے وہ ادب ہو یا مذہب، کھانا بنانے کی کتابیں ہوں یا فلمی رسائل، بچوں کی دنیا ہو یا خواتین کی ڈائجسٹ اور ہر کسی کا پسندیدہ ابن صفی، مانو پوری اردو دنیا ایک گلی میں سمٹ آئی ہو، ہر طرف صرف کتابیں ہی کتابیں۔ اسی لیے اس

گلی کا نام ہی 'کتابستان' پڑ گیا تھا۔

اسکول جانے کے لیے مجھے اسی گلی سے گزرنا پڑتا تھا۔ پہلے پہل بچوں کی کتابیں پڑھنے کا شوق چرایا پھر آہستہ آہستہ کتابیں خریدنے کے لیے میں اپنے جیب خرچ سے پیسے بچانے لگا۔ شروعاتی دور میں 'کھلونا'، 'پیام تعلیم'، 'نونہال' وغیرہ رسائل اور بچوں کی کتابیں میری پسندیدہ تھیں۔ ایک بار ایک دکان کے باہر دکان سے لے کر سڑک تک پھیلی لمبی قطار دیکھ کر میں تعجب میں پڑ گیا، پوچھنے پر پتا چلا کہ ابن صفی کا نیا ناول 'ڈیڑھ متوالے' آج بازار میں آنے والا ہے جسے خریدنے کے لیے یہ قطار لگی ہے۔ میں اُس وقت تک ابن صفی سے ناواقف تھا۔ اتنی لمبی قطار دیکھ کر میرے اندر بھی اسے پڑھنے کا جوش ٹھاٹھے مارنے لگا۔ سڑک کے دوسری جانب ایک باکڑا ایسا بھی تھا جو پڑھنے کے لیے کتابیں کرایے پر دیا کرتا تھا، جس میں زیادہ تر ابن صفی، خواتین ڈائجسٹ اور پاکستانی رومانی ناول ہوا کرتے تھے۔ میں اُسی دن اُس باکڑے سے ابن صفی کا ایک پُرانا ناول کرایے پر لے آیا۔ آہا، کیا مصنف تھا وہ بھی، ایک بار جو ناول شروع کیا تو پھر ختم کرے بنا اُٹھنا مُحال تھا۔ چسکا اتنا تھا کہ جب دیکھو میں ابن صفی کی جاسوسی دنیا میں ہی کھویا رہنے لگا، اور جب کبھی گھر والوں کی ڈانٹ پڑتی تو اسکول کی کتابوں میں چھپا کر پڑھنے لگتا۔ وہ دن ہے اور آج کا دن ہم اس سے پیچھا چھڑا ہی نا سکے۔ دبئ میں بھی ہمارے ایک خیر خواہ نے ابن صفی کے تمام ناولوں کی PDF فائل مہیا کرادی تھی، یہ الگ بات ہے جو مزہ کتاب ہاتھ میں لے کر پڑھنے میں ہے وہ PDF میں کہاں۔ ابن صفی کی کتابیں کرائے پر لے کر پڑھنے کا سلسلہ یونہی جاری رہا لیکن پڑھنے کے بعد اُن کتابوں کو لوٹاتے وقت دل میں ایک عجیب سی بے چینی محسوس ہوتی، اس لیے آہستہ آہستہ جیب خرچ کی رقم بچوں کی کتابوں کے بجائے ابن صفی کی کتابیں خریدنے پر صَرف کرنے لگا۔ آہستہ آہستہ یہ شوق جنون میں

تبدیل ہو گیا اور پھر پیسے نہ ہونے کی صورت میں مَیں اپنے والد کی جیب سے پیسے چرا کر کتابیں خریدنے لگا۔ مُلّا کی دوڑ مسجد تک کے مصداق میں بھی چرائے ہوئے پیسے صرف کتابیں خریدنے پر ہی صَرف کرتا اس لیے پیسے چرانے کا کبھی پچھتاوا نہ ہوا۔

کتابستان کے بیچوں بیچ ایک دکان ایسی بھی تھی جس کے باہر مہینے کے آخری دنوں میں شامیانے باندھے جاتے، کرسیاں ٹیبل لگائے جاتے۔ جب پہلی بار میں نے یہ منظر دیکھا تو لگا شاید کسی کی شادی ہو گی لیکن جب اصلیت پتہ چلی تو میرا منہ کھلا کا کھلا رہ گیا۔ دراصل وہ دکان جس کا نام تو اب مجھے یاد نہیں ہے اس گلی کی سب سے قدیم اور بڑی دکانوں میں سے ایک تھی، جس کے پاس نہ صرف ہندستان کی بلکہ پاکستان کی کتابیں بھی آیا کرتی تھیں۔ ہندستان اور پاکستان سے شائع ہونے والے تمام بڑے اخبارات ورسائل بھی وہاں دستیاب تھے۔ ماہنامہ رسالوں میں شائع ہونے والے معموں کی آخری تاریخوں میں اس دکان کی فٹ پاتھ پر شامیانے باندھ کر، کرسیاں ٹیبل لگا دی جاتی تھیں۔ شوقین لوگ اس شامیانے میں بیٹھ کر معمہ بھرنے کی آخری تاریخوں میں اپنے اپنے حل اسی دکان میں جمع کراتے تھے۔ شامیانے میں کرسیوں پر معمے بھرتے لوگ، دکان کے سامنے لگے ٹیبل پر اپنے اپنے معمے جمع کرانے والوں کی بھیڑ اور معمہ بھرنے والوں کا دیوانہ پن، وہاں سے گزرتے ہوئے لوگوں کا رُک کر یہ سب دیکھنا کسی تہوار کا سا سماں بنا دیتا تھا۔

بیوی کے ناک بھوں چڑھانے کے باوجود میں دوسرے دن صبح ناشتہ کرتے ہی کتابستان جانے کے لیے گھر سے نکل پڑا۔ پینتس سال بعد اب راستے پہچاننا کافی مشکل ہو گیا تھا، اب یہاں اتنے دوست بھی نہیں رہے تھے کہ اُن کا ساتھ حاصل ہوتا، جو تھوڑے بہت تھے وہ اپنی اپنی نوکریوں پر نکل چکے تھے اور کچھ دوستوں کو تو میرے اس

شوق سے ہی الرجی تھی، یہ الگ بات تھی کہ شام تک اُن کا انتظار کرنا میرے لیے بھی مشکل تھا، میں تو جلد سے جلد کتابستان کے دیدار کرنا چاہتا تھا۔

گلی گلی گھومتے مجھے دو گھنٹے سے زیادہ ہو چکے تھے لیکن اب تک کتابستان کا کوئی پتا نہ چل سکا تھا۔ سڑک پر کھڑے چار پانچ لڑکوں سے میں نے پتہ پوچھنے کی کوشش کی جو اپنے اپنے موبائل میں مصروف تھے، "بچوں، کیا تم بتا سکتے ہو کہ کتابستان کہاں ہے؟"

ایک بچہ میری طرف دو سیکنڈ تک حیرت سے دیکھتا رہا پھر بولا، "انکل، ہندستان اور پاکستان تو پتا ہے یہ کتابستان کیا کوئی نئی کرکٹ ٹیم ہے کیا؟" اور سب لڑکے زور زور سے قہقہے لگانے لگے۔

دوسرے نے کہا، "ابے نہیں یار، مجھے تو لگتا ہے شاید آئی پی ایل کی کوئی نئی ٹیم ہوگی۔" اور اچانک وہ سب سنجیدہ ہو کر آئی پی ایل کے مسئلے پر گفتگو کرنے لگے۔

میں کھسیا کر آگے بڑھ گیا۔

بچوں کا رویہ مجھے کافی ناگوار گزرا۔ مجھے اپنے بچپن کے دن اور تربیت دینے والے کتابستان کے وہ تمام لوگ یاد آ گئے۔

کتابستان کی وہ دکان یاد آ گئی جہاں زیادہ خریدار تو دکھائی نہیں دیتے تھے مگر جب کبھی میں شام کو اس گلی سے گزرتا تو وہاں کھڑے رہنے کی بھی جگہ نہیں ہوتی تھی۔ بہت سے آدمی اور بزرگ حضرات اس دکان میں بیٹھے اور کھڑے دکھائی دیتے۔ وہ سب ایک دوسرے سے باتوں میں مشغول رہتے اور چائے کا دور چلتا رہتا۔ کچھ بڑی عمر کے نوجوان بھی ایک طرف دبکے ان کے باتیں سنتے نظر آتے۔ میں زیادہ تر اسکول سے لوٹتے وقت اس دکان میں جایا کرتا کیونکہ بچوں کے رسائل، بچوں کی کہانیاں اور ابن صفی کے ناول سب سے پہلے اسی دکان میں آتے تھے۔ ایک بار شام میں کتابستان سے گزرتے وقت میں

بھی وہاں کی بھیڑ دیکھ کر دکان کے ایک طرف چپ چاپ کھڑا ہو گیا۔ کسی نے مجھ سے کچھ نہ پوچھا، وہ لوگ کسی بات پر گرما گرم بحث میں لگے ہوئے تھے، بڑی عمر کے نوجوان مجھ سے آگے کھڑے بڑے احترام کے ساتھ ان کی باتیں سننے میں مصروف تھے۔ دکاندار ایک بڑا سا بہی کھاتہ کھولے اپنے کام میں مشغول تھا مانو اُسے اس بحث کی کوئی پرواہی نہ ہو یا پھر یہ وہاں کا روز کا معمول ہو۔ وہ لوگ کسی پر لکھے ہوئے ایک مضمون پر بحث کر رہے تھے جو شاید ابھی ابھی وہاں بیٹھے ہاتھ میں چھڑی پکڑے ایک مخنی سے بزرگ نے سنایا تھا، اور جن پر وہ مضمون لکھا گیا تھا، ایک ہاتھ میں موٹا سا پائپ اور بڑا کالا چشمہ لگائے وہیں موجود تھے۔ وہ بحث تو میری سمجھ سے بالاتر تھی لیکن پتہ نہیں کیوں مجھے اُن کی گرما گرم بحث میں مزہ آنے لگا۔ پھر تو اس دکان میں جانا میرا تقریباً روز کا معمول ہی بن گیا۔ آہستہ آہستہ میں دکاندار اور دوسرے لوگوں سے مانوس ہونے لگا۔ تب مجھے پتا چلا کہ وہاں بیٹھنے والے زیادہ تر لوگ بڑی بڑی کتابوں کے مصنف تھے جس میں شاعر، افسانہ نگار، ناول نگار، مضمون نویس اور خاکہ نویس وغیرہ تھے۔ کئی لوگ صرف ان لوگوں کو دیکھنے آتے تھے اور بہت سے ادب کے قاری تھے جو اُن کی بحث و مباحثے سننے کے لیے وہاں کا رُخ کرتے۔ میں بھی ادب کے ایسے قاریوں میں شامل ہو گیا۔ بہت جلد بڑی عمر کے نوجوانوں سے دوستی ہو گئی، کم عمر ہونے کے باوجود بھی کبھی کسی نے مجھ سے یہ نہیں کہا کہ میں ان سب باتوں کے لیے بہت چھوٹا ہوں بلکہ وہ اُن ادیبوں کے بارے میں مجھے معلومات دیتے وہاں ہونے والے مباحثوں کو مجھے سمجھانے کی کوشش کرتے۔ ایک دن دکان کے انچارج چچا یوسف نے مجھے سمجھایا کہ ابن صفی تو ٹھیک ہے لیکن اب مجھے ادب بھی پڑھنا چاہیے اور پھر دھیرے دھیرے میں ادب کی دوسری اصناف بھی پڑھنے اور سمجھنے لگا۔ پھر آہستہ آہستہ وہاں ہونے والی باتیں بھی مجھے کچھ کچھ سمجھ میں آنے لگیں۔ کئی ادیبوں سے میرا

تعارف بھی ہو گیا تھا لیکن پھر بھی میں اُن کے احترام میں ایک طرف دبکا اُن کی باتیں سنا کرتا کبھی اس میں شامل ہونے کی کوشش نہیں کی، حالانکہ اب بڑی عمر کے نوجوان بھی وقتاً فوقتاً ان بحثوں میں اپنی رائے کا اضافہ کرنے لگے تھے۔

میں تھک کر ایک چائے کے ٹھیلے پر بیٹھ گیا۔ میں نے چائے پیتے پیتے ٹھیلے والے سے بھی کتابستان کے بارے میں جاننا چاہا مگر اس نے بھی لاعلمی ظاہر کی۔ ٹھیلے کے بغل کی فٹ پاتھ پر دو شخص کھڑے دبئی کی مشہور ڈش 'شوارما' کھا رہے تھے۔ میں نے جب اُن سے کتابستان کا پتا پوچھا تو وہ ایک دوسرے کا منھ دیکھنے لگے، میں نے اپنا سوال تھوڑا آسان بنانے کے لیے دوبارہ پوچھا، "کتابستان، وہی گلی جہاں بہت ساری کتابوں کی دکانیں ہیں۔" پہلا شخص کچھ سوچتے ہوئے بڑبڑانے لگا، "کتابوں کی دکانیں۔۔۔۔۔" تبھی دوسرے نے دخل دیتے ہوئے کہا، "ارے وہ لائبریری کی تو بات نہیں کر رہے جو ای۔ آر۔ روڈ پر ہے؟"

"جی نہیں بھائی، میں کسی لائبریری کی نہیں بہت ساری دکانوں کی بات کر رہا ہوں جہاں کتابیں فروخت ہوتی ہیں۔" میں نے جھنجلاتے ہوئے ان کی تصحیح کی۔

پہلے نے پھر پوچھا "اچھا وہ تو نہیں جہاں قرآن حدیث کی کتابیں ملتی ہیں؟"

اب میں خود شرمندگی محسوس کرنے لگا، بھاگتے بھوت کی لنگوٹی ہی سہی میں نے ہاں میں ہاں ملائی۔ "جی ہاں وہی وہی۔۔۔ کیا آپ جانتے ہیں؟"

"ہاں کہیں دیکھی تو تھی وہ دکان، شاید ای۔ آر۔ روڈ پر کہیں۔۔۔۔۔"

میں نے ان کا شکریہ ادا کرنے میں ہی عافیت جانی، اب کسی اور سے پوچھنے کی ہمت ہی نہیں ہو رہی تھی۔ میں خود ہی ہر گلی میں گھس کر اسے پہچاننے کی کوشش کرنے لگا۔

کالج کے بعد ابّا نے زبردستی مجھے دبئی کمانے کے لیے بھیج دیا تھا، دو سال بعد جب

واپس آیا تو یہاں پر میری شادی کی تیاریاں کی جا چکی تھیں، بس چٹ منگی پٹ بیاہ کر دوبارہ دبئی لوٹ گیا۔ پھر جب ایک سال بعد بمبئی لوٹا تو بیوی اپنا سارا سازو سامان باندھے ساتھ چلنے کے لیے تیار بیٹھی تھی۔ تمام ضروری خریداری (جس میں کتابیں شامل نہیں تھی) کر دوبارہ دبئی جو گیا تو آج اپنا سب کچھ سمیٹ تمام ذمہ داریوں سے دستبردار واپس لوٹا ہوں۔ اتنا پیسہ تو کما ہی چکا ہوں کہ بقیہ زندگی چین سے کٹے گی، اور شاید اب میں اپنے وہ شوق بھی پورے کر سکوں جن کا گلا گھونٹ میں اپنی اور اپنے خاندان کی زندگی بنانے کے لیے یہ ملک چھوڑ گیا تھا۔

میرا ایسا ہی ایک شوق تھا، کتابیں! مجھے آج بھی یاد ہے، جب امّی اسکول شروع ہوتے ہی بازار سے ہمارے لیے نئی کتابیں خرید کر لاتی تو میں سب سے پہلے اُن کتابوں کو کھول کر اُس کی مہک اپنے اندر جذب کرتا تھا۔ ایک عجب سی خوشبو ہوتی تھی اُن کتابوں میں۔ بچوں کی کتابوں اور ابن صفی کے ناولوں میں بھی اُسی طرح کی مہک آتی۔ میں اکثر کتاب پڑھتے پڑھتے بیچ بیچ میں اُسے سونگھنے لگتا۔ میرے دوست میری اس حرکت پر بہت ہنستے تھے مگر اُنھیں کیا معلوم کہ کتابوں میں نہ صرف ایک کشش ہے بلکہ اس کی مہک میں بھی جادو ہے۔ جدید دنیا میں انٹرنیٹ نے کتابوں کی کمی تو پوری کر دی ہے لیکن کتابوں سے آنے والی مہک کہاں سے لائیں گے اور تو اور کتابستان میں دکانوں پر لگنے والی قطاروں، شامیانے، مختلف موضوعات پر ہونے والی گرما گرم بحثوں اور کتابوں کے مصنفوں کو قریب سے دیکھنے، ملنے کا متبادل شاید ہی کوئی ہو۔ ہاں آج کل فیس بک پر بھی نئے نئے دوست بننے لگے ہیں، بحث ومباحثے ہونے لگے ہیں اور ایک دوسروں کی تخلیقات کی تعریفیں بھی ہونے لگی ہیں لیکن پتہ نہیں کیوں مجھے وہ جھوٹ اور فریب کی دنیا لگتی ہے جہاں ہر کوئی ایک بٹن دبا کر ایک دوسرے کو خوش کرنے میں لگا ہوا ہے۔ اب بتائیے بھلا

لکھ لکھ کر بھی کوئی بحث کر سکتا ہے! آدمی لکھتا کچھ ہے، پڑھنے والا پڑھتا کچھ ہے اور سمجھنے والا کچھ بھی نہیں سمجھ پاتا، بحث کہیں کی کہیں چلی جاتی ہے۔ اور ویسے بھی زیادہ تر ادبی بحثیں اب ادبی کم اور مذہبی زیادہ ہو گئی ہیں۔ جسے دیکھو اپنے آپ کو دوسروں سے زیادہ مذہبی ثابت کرنے میں لگا ہوا ہے۔

گلی گلی گھومتے ہوئے اچانک ایک گلی میں فٹ پاتھ تک پھیلی ہوئی حلوائی اور نان چاپ کی دو دکانوں کے بیچ مجھے وہی دکان نظر آئی جہاں کبھی ادیبوں کی بیٹھکیں ہوا کرتی تھیں۔ میں حیران تھا کہ یہ دکان یہاں کہاں سے آگئی، یہ دکان تو کتابستان کے بلکل بیچوں بیچ میں تھی! خیر میں جلدی جلدی جلیبی، گلاب جامن کے بڑے بڑے تھالوں اور بڑے سے پھیلے ہوئے نان چاپ کے توّوں کے بیچ میں سے گزر کر اس دکان کے دروازے تک پہنچا۔ آس پاس کی دکانوں پر اُمڑی بھیڑ اور نان چاب اور جلیبیوں کے لیے چیختے گراہکوں کے شور شرابے سے بے خبر دکان کے اندر ایک بزرگ اپنے ٹیبل پر ایک بڑا سا بہی کھاتا کھولے اپنے کام میں مصروف تھے۔ دکان میں صرف دو ٹیوب لائٹ جل رہی تھیں جو اتنی بڑی دکان کے لیے ناکافی تھی۔ آج بھی وہ دکان ویسی ہی تھی جیسی پینتیس سال پہلے ہوا کرتی تھی۔ بس ایک دو ٹیبل نئے آگئے تھے اور کچھ نئی کتابیں نظر آرہی تھیں۔

میرے دکان میں داخل ہوتے ہی ٹیبل والے چچا نے مجھے ایک نظر دیکھا اور پھر اپنے کام میں مصروف ہو گئے۔ میں کتابیں دیکھنے لگا، بہت سالوں بعد کسی دکان میں کتابوں کو اتنے قریب سے دیکھ رہا تھا۔ آخر کار میری محنت رنگ لے آئی۔ میں نے ایک لمبی سانس کھینچی، میں چاہتا تھا کہ ابھی اور اسی وقت دکان میں موجود تمام کتابوں کی مہک میرے نتھنوں میں بھر جائے۔

میں نے کبھی بمبئی سے کتابیں منگوانے کے بارے میں سوچا بھی نہیں، کیا کرتا وقت

اور حالات نے مجھے بھی دوسروں کی طرح صرف پیسہ کمانے والی مشین بنا دیا تھا۔ آج کتابوں کے بیچ ہونے پر مجھے احساس ہوا کہ پیسے کمانے کی دھن میں مَیں کتنا مگن تھا۔ ہاں البتہ میرے کچھ پاکستانی دوست اپنے وطن سے وقتاً فوقتاً کتابیں منگوا لیا کرتے تھے۔ اُن کے گھر جاتے ہی میں سب سے پہلے کتابوں کے لیے اِصرار کرتا۔ کتاب ملتے ہی ہمیشہ کی طرح پہلے اُس کی خوشبو اپنے اندر جذب کرتا پھر سرسری طور پر سارے مضامین دیکھ ڈالتا اور اگر بہت ہی اچھی کوئی کتاب ہوتی تو بیوی سے چھپا کر اُن سے مانگ کر گھر لے جاتا اور اگر وہ مجھے دینے میں آنا کانی کرتے تو میں ایک آدھ کتابیں چھین کر لے بھی آتا۔ یہی نہیں بچپن میں پیسے چوری کرنے کے ہُنر کو یہاں بھی آزماتا۔ پہلے کتابیں خریدنے کے لیے پیسے چراتا تھا اب کتابیں براہِ راست چرا لیا کرتا تھا۔ ضمیر تب بھی مطمئن تھا اور اب بھی ہے۔ مجھے الماری میں لگی کتابیں دیکھتے ہوئے اُن بزرگ نے ایک بار پھر میری طرف دیکھا اور پوچھا، "کہیے، کیا چاہیے آپ کو؟"

"جی، دیکھ رہا ہوں۔ کیا ابن صفی کے ناول ہیں آپ کے پاس؟"

"ہاں، کون سے چاہیے آپ کو؟ عمران سیریز یا فریدی؟"

جواب سن کر میری باچھیں کھل گئیں کہ آج بھی ابن صفی کے ناول پڑھے جاتے ہیں۔ "کون کون سے ہیں آپ کے پاس، بتائیے؟"

"فی الحال تو نہیں ہے، مگر آپ کے آرڈر دینے پر ہم منگوا دیں گے۔"

میں نے اپنے آس پاس کی کتابوں پر نظر ڈالی۔

"اور منٹو کی کتابیں؟"

"جی ہاں، وہ بھی مل جائیں گی۔ مگر آرڈر پر؟"

میں نے تعجب سے پوچھا، "تو یہاں آپ کے پاس اس وقت کون سی کتاب موجود

ہے؟"

"یہ سب ہیں نا، دیکھیے ان میں سے آپ کو کیا چاہیے؟"

وہاں لگی تقریباً تمام کتابیں نئے نئے مصنفوں کی تھیں جن کے نام بھی میں نے نہیں سنے تھے، اس لیے انتخاب کرنا تھوڑا مشکل ہو رہا تھا۔

"جناب یہاں چچا یوسف ہوا کرتے تھے، وہ اب کہاں ہیں؟"

"کون، یوسف بھائی؟ اوہو اُن کا تو ابھی حال ہی میں انتقال ہوا ہے۔ ویسے بھی وہ کئی سال پہلے نوکری چھوڑ چکے تھے۔ اُن کی عمر جو زیادہ ہو چکی تھی۔ اب پچھلے چار سالوں سے میں ہی یہاں کا انچارج ہوں۔"

چچا یوسف کے انتقال کی خبر سن کر افسوس ہوا۔ جب بھی میں کتابیں خریدنے آتا تھا وہ بنا بولے مجھے کتابوں پر رعایت دے دیا کرتے تھے اور ساتھ ہی یہ ہدایت بھی دیتے تھے کہ "برخوردار، تمھیں خاص رعایت دے رہا ہوں، اسے ضرور پڑھنا۔ صرف خرید کر رکھ نہیں دینا۔" مجھے ان کی یہ بات آج تک یاد ہے۔

"اچھا بھائی صاحب، ایک بات اور پوچھنی تھی؟"

"پوچھیے حضرت۔"

"یہاں اور بھی دکانیں ہوا کرتی تھیں، اب صرف یہ دکان دکھائی دے رہی ہے؟ باقی دکانوں کا کیا ہوا؟"

"کیا کہیں جناب، اب لوگوں میں کتابیں پڑھنے کا شوق ہی کہاں رہا! جسے دیکھیے بس موبائیل میں مصروف ہے۔ اب تو کتابیں بھی موبائیل پر آ گئی ہیں۔"

یہ وہ سچائی تھی جس سے منہ نہیں موڑا جا سکتا تھا، خیر میں نے بڑے میاں سے اپنی پریشانی کا ذکر کیا:

" مجھے اس گلی کا پتا ڈھونڈنے میں بھی کافی دقت ہوئی۔ دراصل میں اس شہر میں پینتیس سالوں بعد جو لوٹا ہوں۔"

" یہ کون سا مشکل کام تھا جناب، آپ کسی سے بھی ای۔ آر۔ روڈ پوچھتے، تو کوئی بھی بتا دیتا۔"

"وہ بھی مجھے کہاں یاد تھا، میں تو اس گلی کو ایک ہی نام سے جانتا ہوں، کتابستان! میں کل سے یہ جاننے کی کوشش میں لگا تھا کہ کتابستان کہاں ہے، مگر کوئی بتا ہی نہیں سکا۔"

"کیا! تو آپ 'کتابستان' ڈھونڈ رہے تھے!؟"

"جی ہاں! کیوں کیا ہوا؟"

میرے جواب پر بڑے میاں بہت زور زور سے ہنسنے لگے۔ ہنستے ہنستے اُنھوں نے کہا، "اب اس گلی کا نام کتابستان نہیں رہا جناب! آپ کو چاہیے تھا کہ آپ 'کھاؤ گلی کا پتہ پوچھتے، کھاؤ گلی۔ اب اس گلی کو پورا شہر 'کھاؤ گلی' کے نام سے جانتا ہے۔" میں چند منٹوں تک حیرت سے اُنھیں دیکھتا رہا۔

پھر اپنے آس پاس کی کتابوں کا معائنہ کرنے لگا۔ ایک پُرانی کتاب پر نظر پڑتے ہی میں نے اُسے فوراً اُٹھا کر اُسے بیچ میں سے کھول کر اُس پُرانی کتاب کی مہک اپنے اندر جذب کرنے لگا لیکن میرے نتھنے اُس کتاب کی مہک کے بجائے جلیبی، گلاب جامن، چکن، نان چاپ، سیخ کباب اور پتا نہیں کن کن پکوانوں کی خوشبوؤں سے بھر گئے۔

Ref.: urduchannel.in

***

جراثیم

شہناز رحمٰن

یونیورسٹی میں داخلہ کے ہفتہ دس روز بعد وہ ایک عجیب طرح کی حیرانی کا شکار ہو گئی۔ سلیقہ سے بال سنوارے ہوئے، دیدہ زیب کپڑوں میں ملبوس لڑکے اور لڑکیوں کے چہرے وحشت ناک لگ رہے تھے۔ وہ پریشان تھی کہ یہ بات صرف وہ محسوس کر رہی ہے یا دوسرے کلاس میٹ کو بھی اندازہ ہو رہا ہے۔

اچانک ایک روز اس نے شیبا کو کہتے ہوئے سنا۔۔۔

وہ کلاس میں بیٹھی ان چہروں کے بدلتے رنگوں پر غور کرتی۔ رفتہ رفتہ اسے ادراک ہوا کہ یہ کسی بڑی مصیبت کا اعلامیہ ہو سکتا ہے۔ اسی کشاکش میں ایم۔ اے مکمل ہو گیا اور وحشت ناک تاثرات والے طلباء کی تعداد میں اضافہ ہوتا رہا۔ اس پورے دو سال کے عرصے میں اس کی تعلیمی لیاقت میں کافی اضافہ ہوا۔ ذہین تو وہ تھی ہی صرف طبیعت میں ذرا لاابالی پن تھا لیکن یونیورسٹی کی فضا نے یکایک اسے سنجیدہ بنا دیا تھا۔ اس کی ذہانت کی وجہ سے کئی اساتذہ اسے اہمیت دیتے تھے۔ حسب عادت دوستوں میں رشک و حسد کی کیفیت چلتی رہتی تھی۔ ایم۔ اے کے بعد وہ ریسرچ کی تیاری میں مصروف ہو گئی۔ جب چار مہینے بعد وہ گھر سے واپس آئی تو اس نے اندازہ لگایا کہ یہاں پر کئی لڑکے اور لڑکیاں اس بیماری کا شکار ہیں جس کا ذکر اس کے والد کیا کرتے تھے۔۔۔

ایک دن اسے ایک قریبی دوست میں اس بیماری کے آثار نظر آئے۔ گھبراہٹ کی وجہ سے وہ رات بھر سو نہ سکی۔ لیکن خاموشی کے سوا اس کے پاس اور کوئی چارا بھی نہیں تھا۔ دیکھتے ہی دیکھتے پوری طرح بیماری نے اسے گھیر لیا۔ ایک دو دفعہ اس نے علاج تجویز کرنی چاہی مگر اس دوست کو برا لگا اور وہ اس سے بے رخی برتنے لگی۔

وحشت ناک چہرے والے طلباء میں اضافہ ہوتا رہا اور اس بیماری کے جراثیم ان کی رگ و پے میں سرایت کر گئے۔ حیا پہلے سے زیادہ محنت اور لگن سے اپنی تعلیم پر توجہ دینے لگی لائبریری ہی اس کی مکمل دنیا تھی۔ اس دنیا سے چونک کر اس وقت باہر آئی جب پی، ایچ۔ڈی داخلہ کے نتائج کا اعلان ہوا۔ پوری فہرست مدقوق اور وحشت ناک چہرے والے ناموں سے بھری ہوئی تھی اور حیا کا نام دور دور تک نہیں تھا۔ لیکن حیا مایوس نہ ہوئی اس نے دوبارہ تیاری شروع کی دوسری دفعہ وہ بھی خوش نصیبوں کی فہرست میں تھی۔ بہت ہی کم عرصے میں حیا اپنی محنت اور کچھ اساتذہ کی رہنمائی سے ترقی کی منزلیں طے کرنے لگی۔

ایک دن شیبا نے دبے دبے لہجے میں کسی سے کہا "حیا میں اس بیماری کے جراثیم پیدا ہو رہے ہیں"۔ اتفاق سے حیا تک یہ بات پہنچ گئی۔ سننا تھا کہ حیا کے ہوش اڑ گئے اس نے نہ کھایا نہ پیا اور مستقل بالکنی میں مضطرب ٹہلتی رہی۔ کئی روز تک وہ اپنا محاسبہ کرتی رہی کہ واقعی شیبا کی بات صحیح ہے؟

اس نے اپنا محاسبہ اس لیے کیا کہ اس کے والد ایک سیاسی کارکن تھے۔ وہ اکثر سنا کرتی تھی کہ فلاں سیات دان اس بیماری کا شکار ہو گیا ہے۔ وہ سوچتی یہ کیسی بلا ہے؟؟ جو آئے دن سیاست دانوں کو اپنے زد میں لے لیتی ہے۔ پھر اس کے والد نے بتایا کہ یہ صرف سیاست دانوں کو ہی نہیں کسی بھی پیشے اور کسی بھی فرد کو اپنے گرفت میں لے سکتی

ہے۔ بیمار شخص کو کچھ اندازہ نہیں ہوتا کہ اسے یہ بیماری کب لگ گئی۔ یہ بیماری عام انسانی بیماریوں سے قدرے مختلف ہے۔ جیسے جیسے اس بیماری کے جراثیم پھیلتے ہیں انسان خود کو توانا اور طاقتور گمان کرنے لگتا ہے۔

ایک بار حیا نے اپنے والد کو ٹوک دیا" ابا آپ تو بالکل الٹی بات کہہ رہے ہیں۔ کوئی بیمار شخص ایسا کیسے ہو سکتا ہے۔ میں نے تو اپنے ارد گرد اس قسم کے بیمار لوگوں کے چہرے پر مردنی دیکھی ہے۔

انھوں نے کہا" بیٹا یہ صرف تمہاری نظر کا دھوکہ ہے۔ تم ان سے کچھ دیر گفتگو کر کے دیکھو۔ ان کے لہجے اور ان کی باتوں میں طاقت کا غرور نظر آئے گا"۔

حیا نے کہا" تو یہ ان کا وہم ہو گا۔ جہاں تک میرا خیال ہے کہ اس بیماری سے زیادہ ہولناک انجام دنیا کی کسی بیماری کا نہیں ہوتا۔

شیبا کو محسوس ہوا کہ اس کی بات حیا کے دل کو لگی ہے۔ اس لیے وہ ہر قدم پھونک پھونک کر رکھنے لگی ہے۔ جبکہ وہ ایک لاپروا لڑکی تھی زمانہ جو کہتا ہے کہتا رہے وہ کبھی کان نہیں دھرتی تھی۔

یونیورسٹی کے ہر شعبہ میں وحشت زدہ چہرے اور مہلک مرض کے شکار افراد موجود تھے۔ اس کے دوست عامر کو اس مرض نے اس بری طرح آگھیرا تھا کہ اسے ارد گرد کی کوئی خبر نہ تھی۔ محنت کرنے والے طلباء مایوسی کی ردا اوڑھے در در بھٹکتے نظر آتے لیکن عامر ان الجھنوں سے آزاد گھومتا پھرتا۔ کئی بار حیا نے اسے ٹوکا بھی۔ مگر اس نے کہا "اپنی فکر کرو، میری تو یوں ہی گزر جائے گی"۔

عامر کی بات سن کر حیا کو اپنے والد کی بات بڑی حد تک صحیح معلوم ہونے لگی۔

عامر کی حرکتیں دیکھ کر حیا نے ایک دن کہہ دیا کہ "عامر تمہاری صحت خراب

ہو رہی ہے"۔

تمہارا مطلب کیا ہے؟

میر امطلب یہ ہے کہ تم یہ جو خوشامد کرتے پھرتے ہو، تمہارے کسی کام نہیں آئے گا۔

ہونہہ !!! یہ تم دیکھتی جاؤ۔ بدلتا ہے رنگ آسماں آسماں کیسے کیسے۔ اور ہاں! ہم اگر خوشامد کرتے ہیں تو تم لڑکیاں بھی اپنے مخصوص حربے استعمال کرنے سے باز کہاں آتی ہو۔

حیا نے محسوس کیا کہ اس کی ترقی ان جراثیم زدہ لوگوں سے دیکھی نہیں جارہی ہے اس لیے انھوں نے یونیورسٹی میں پھیلی ہوئی دوسری بیماریاں اس سے منسوب کر دیں۔ شعبہ کے ہر کمرے میں یہ جراثیم پائے جانے لگے جو حیا کے لیے مضر تھے۔ ہر شخص حیا کو مشکوک نظروں سے دیکھنے لگا تھا طلباء ہی نہیں اساتذہ بھی اسے۔۔۔۔ حیا کو اپنی دادی جان یاد آئیں جو کہا کرتی تھیں "بٹیا! عورت کے لیے سب سے کمزور اور مضبوط پہلو اس کی عزت و عصمت ہے۔ جب ظالم سماج کو اس کے خلاف کچھ ہاتھ نہیں آتا وہ بڑی آسانی سے اس کی عزت اچھال دیتا ہے۔"

محنت کرنے کے باوجود حیا کو وہ ساری کامیابیاں نہیں مل رہی تھیں جو وحشت زدہ چہرے والوں کو حاصل تھیں۔ ایک دفعہ تو صبر کا دامن حیا کے ہاتھ سے چھوٹ گیا۔ اسے اپنے والد کی بات یاد آگئی۔ وہ کہا کرتے تھے کہ "اس بیماری کے شکار لوگ "وفادار کتے" کی مانند ہوتے ہیں۔ اگر موقع پڑے تو اپنے آقا کی پیروی میں معصوم پرندوں کے پر تک نوچ کر کھا جائیں۔ اپنی انا اور اپنا ضمیر تک داؤ پر لگا سکتے ہیں۔ کبھی کبھی ایسا بھی ہوتا ہے کہ جنگلی کتوں کے جون میں آجاتے ہیں۔"

حیا سب کے ناقدانہ تیور برداشت کرتی رہی اور اپنا کام کرتی رہی۔ یہاں تک کہ اسے کئی دفعہ سازشی ذہنوں کی وجہ سے مایوس ہونا پڑا پھر بھی اس نے ہار نہیں مانی۔

ایک مرحلہ وہ بھی آیا جب شیبا روتی ہوئی اس کے پاس آئی اور کہنے لگی کہ "حیا! میرے پاس سوائے اس کے اور کوئی راستہ نہیں کہ میں "سر کی بات" مان لوں۔ حیا کو کچھ سمجھ میں نہیں آیا۔

شیبا زار و قطار روتے ہوئے بتانے لگی کہ "تمہاری ترقی دیکھ کر شعبہ کے لوگ بشمول میرے یہ کہنے لگے کہ تم بھی۔۔۔۔۔ "لیکن میں کیا کروں۔ سر نے مجھے راضی کرنے کے لیے تمہاری مثال دیتے ہوئے کہا تھا کہ "دن بدن حیا کی ترقی میں اضافہ ہی ہو رہا ہے، تم نے کبھی غور کیا ترقی کا زینہ کون ہے؟۔ میرے پوچھنے پر انھوں نے عزیز سر کا نام لیا تھا۔ عامر کے ساتھ لڑکوں کا پورا گروپ تمہیں اسی نظر سے دیکھتا ہے۔

شیبا کی بات سن کر حیا حیران و ششدر رہ گئی۔

لیکن پھر بھی اس نے تسلی دیتے ہوئے کہا کہ "عورت کی کردار کشی کے قصے تو بچپن سے سنتی آئی ہوں۔ سیتا اور مائی عائشہ تک کو لوگوں نے جب نہیں بخشا۔ ہم اور تم تو خیر عام لڑکیاں ہیں۔

لیکن حیا اس زمانے کے لوگ غیر تعلیم یافتہ تھے۔

ہاں! یہی تو میں حیران ہوں کہ معتبر اداروں کے اعلی تعلیم یافتہ لوگوں کی ذہنیت اتنی پست کیسے ہو سکتی ہے۔ اور ایس۔ این کمار جیسی بارعب شخصیت کے حاشیہ خیال میں ایسی بات کیسے آسکتی ہے۔

لاحول پڑھو!

اس گھٹیا انسان کو بارعب تو کہو ہی مت۔ مجھے تو وہ نالی کا کیڑا لگتا ہے۔ اور حیا تم کچھ

زیادہ ہی بھولی ہو۔ یہاں کئی ایس۔ این کمار موجود ہیں۔ مجھے تو یہاں داخلہ لینے سے پہلے ہی معلوم تھا کہ بلندی کی خواہش کرنا آسان نہیں ہے۔ اس کے مراحل طے کرتے کرتے عزت نفس تو ختم کرنی ہی پڑتی ہے۔

رفتہ رفتہ وحشت ناک چہرے والوں کے چہرے مسخ ہونے لگے۔ ناموں کے بجائے ان کی مجہول شخصیت ان کی شناخت بننے لگی۔ محفلوں میں ان کا ذکر ہوتا تو لوگ پہچاننے سے اس وقت تک قاصر رہتے جب تک کسی مخصوص عضو کا ذکر نہ کیا جائے۔ صورت حال دیکھ کر حیرت ہونے لگی تھی کہ ایسے تعلیم یافتہ لوگوں کا ذکر شاہی پالتو جانوروں کی طرح کیوں ہوتا ہے۔ تعلیم تو انفرادیت عطا کرتی ہے لیکن اعلی دانش گاہوں کے تعلیم یافتہ فرد کے لیے ایسے تیسرے درجہ کی شناختی نشانات کیوں متعین ہیں۔

فائنل ہونے کے بعد حیا نے دوبارہ یونیورسٹی کا رخ نہیں کیا۔ ڈاکٹر عزیز کی نگرانی میں کام کرکے اگرچہ حیا کو کوئی علمی مدد نہ مل سکی تھی مگر ان کی تربیت نے اسے قناعت پسند ضرور بنا دیا تھا۔ اسی لیے اس نے یونیورسٹی کے بجائے کالج کی نوکری کو ترجیح دی۔ اکثر کالج سے واپس ہوتے ہوئے مسخ چہروں کو پہچاننے کی کوشش کرتی۔ کبھی سبزی فروش کی دکان پر، کبھی بینک، کبھی پرچون کی دکان پر ان لوگوں کو قطار میں دیکھ کر طمانیت کی سانس لیتی تو کبھی تاسف سے آہ بھرتی۔۔۔

Ref.: urduchannel.in

***

وہ اور وہ

حامد یزدانی

"اچھا، تم ہی بتاؤ مجھے۔۔۔ جو نہیں ہے یا نہیں ہوا، کیا وہ ہو بھی نہیں سکتا؟"

"بھئی، اشفاق صاحب کے افسانوں کی حد تک تو سب کچھ ہو سکتا ہے۔۔۔ کوئی نورانی بابا جی اچانک کہیں سے نمودار ہو کر جنگل میں بھٹکتے پیاسے کو ہدایت کا روح افزا پلا سکتے ہیں، ایک جیپ خود بخود سٹارٹ ہو کر اپنے مالک کے قاتل کو انجام تک پہنچا سکتی ہے۔۔۔ مگر حقیقت اور افسانہ دو مختلف چیزیں ہیں"۔

"کچھ ایسی مختلف بھی نہیں ہیں کہ جن کے بُعد کو، جن کے فاصلے کو قطبین کی دوری سے تعبیر کیا جا سکے۔ یار میرے، یہ بتاؤ یہ خوشی، یہ غم، یہ اداسی، یہ طمانیت۔۔۔ کیا یہ سب حقیقتیں نہیں ہیں؟"

"میں نے کب کہا یہ حقیقتیں نہیں"۔

توکیا تم پانچ یا ساڑھے پانچ حسیّات کے ذریعے یا کسی لیبارٹری میں پرکھ کر ان کا وجود ثابت کر سکتے ہو؟"

"یہ تو مسلّمہ چیزیں ہیں، ہمیشہ سے انسان کے ساتھ موجود ہیں انہیں ثابت کرنے کی کیا ضرورت ہے؟"

"امکان بھی کیا ایک مسلّمہ حقیقت نہیں؟ یہ بھی تو انسان کے ساتھ ہمیشہ سے ہی

ہے۔ وہ جو تمہارا سوئٹزرلینڈ والا دوست ایزی کہا کرتا ہے: "یار، اِنج ہو یاتے نئیں پر ہو سکدا اے" مجھے تو اس کی اس بات میں بھی دم لگتا ہے"۔

"لیکن جنابِ من! ایزی کے خیالات اور امکانات کی فلسفیانہ اُڑان محض بغیر چابی دروازہ کھولنے اور بغیر ٹکٹ سفر کرنے کی چکمہ بازی تک ہی محدود رہی، تم تو جانے کہاں کہاں کی ہانکنے لگتے ہو اور وہ بھی بیسویں صدی کے آخری عشرے کے کنارے پر جہاں خلائی ادارے عام آدمی کو بھی سیّاروں کی سیر کروانے کو پر تول رہے ہیں۔ کسی بھی ملک کے ٹکٹ کی طرح چاند یا مریخ کے ٹکٹ کٹاؤ اور نکل جاؤ چھٹیاں منانے اور اگر کہیں نہ جانے کا موڈ ہو تو ٹکٹ کاؤنٹر پر جا کر کہو: 'اک ٹکٹ کِہیں نہ جانے کا'"۔

"آہا، 'اک ٹکٹ کِہیں نہ جانے کا'۔۔۔ خوب! خوب! جاہدالحق کی بنگالی نظم کا مصرع۔۔۔ میں سمجھ گیا۔"

"بنگالی نظم کا مصرع نہیں، مصرع کا ترجمہ!"

"وہی مطلب تھا میرا۔۔۔ ہے تو شاعری ہی ناں!"

"چلو ٹھیک ہے اب شاعری کی بات چل نکلی تو یہ بات بھی ہو ہی جائے کہ شاعری ہو یا سائنس سب خیالات اور امکانات ہی کا کھیل ہے۔ نہیں کیا؟ سوچو تو یہ خلا وغیرہ میں جانے کی حقیقت بھی تو کچھ عرصہ پہلے تک ایک امکان ہی تھی، ہے کہ نہیں؟ کچھ لوگ تو اب بھی اس سب خلائی تسخیر کو امریکی ڈرامہ قرار دیتے ہیں۔ یاد نہیں چاہ جھنڈی والی مسجد میں وہ جو مستری صاحب آیا کرتے تھے نماز پڑھنے، وہ اردو سپیکنگ، جنھوں نے یہ موٹے موٹے شیشوں کی کنّی کھاتی ہوئی عینک لگائی ہوتی تھی، کہاں مانتے تھے وہ یہ سب۔ ایک روز عشا کے بعد زبیری اور میں کتنی دیر بیٹھے انہیں یہ سمجھانے کی کوشش کرتے رہے کہ مستری صاحب دنیا چاند نہیں اُس سے بھی آگے تک چلی گئی ہے مگر ان کی

آنکھیں واضح انکار کرتی رہیں۔ پھر کہنے لگے: 'یہ سب فلم سٹوڈیو میں تیار کی گئی تسخیر ہے برخوردارو۔ سب کیمرہ ٹرِک ہے۔ تم تو پڑھے لکھے لڑکے ہو، اتنا نہیں سمجھتے۔ میں آٹھ تک پڑھا ہوں، یہ سب سمجھتا ہوں اور آٹھ بھی مزنگ ہائی سکول میں پڑھی ہیں، کسی انگلش میڈیم سکول میں نہیں'۔ مستری صاحب مرتے مر گئے مگر۔۔۔"

"یار، چھوڑو یہ سب۔ تمہیں کتنی بار سمجھایا ہے کہ اشفاق صاحب اور ان جیسے لوگوں کی کہانیاں مت پڑھا کرو۔ یہ تمہیں کہیں کا نہیں چھوڑیں گی۔ اب ان کی کہانیوں کے بابے تمہاری گفتگو میں مستری صاحب کے روپ میں ظاہر ہونے لگے ہیں۔ لگتا ہے تمہیں اشفاقیہ ہو گیا۔۔۔ اپنا علاج کرواؤ۔۔۔"

"لیکن میں نے کب کہا کہ میں مستری صاحب کی باتوں سے اتفاق کرتا ہوں۔ وہ تو ایک وقوع پزیر ہو چکے واقعے کو تسلیم کرنے کو تیار نہ تھے، میں تو جو ابھی نہیں ہُوا اس کو بھی حقیقت مانے بیٹھا ہوں۔۔۔"

"آپ بیٹھے نہیں، چل رہے ہیں اور وہ بھی دسمبر کی فریزنگ سردی میں کولون کی اس سڑک پر جو سیدھی شہر بون جاتی ہے۔ اب واپس جانے کا ارادہ ہے یا بون پہنچ کر ہی دم لیجیئے گا؟" طاہرہ کا مداخلتی جملہ ہمیں واپس اس شام رنگ چوراہے میں لا پٹختا ہے ورنہ امجد اور میں تو دریائے رائن کے احساسِ قرب کی روانی میں ہی جانے اور کتنی دُور نکل جاتے۔

مجھے پاکستان سے جرمنی آئے ایک سال ہوا ہے اور میری بیگم طاہرہ تو ابھی چھ ماہ پہلے پہنچی ہے۔ امجد یہاں کوئی پانچ سال سے ہے۔ شہر کولون سے پہلے وہ برلن میں تھا اپنی جرمن بیگم کے ساتھ۔ اور برلن آنے سے پہلے وہ لاہور میں تھا، مزنگ کے قلعہ مراد بخش میں جہاں ہم رات گئے تک آوارہ گردی کرتے اور پھر ایک دوسرے کو اس کے گھر پہنچانے کے چکروں میں صبح کر دیتے۔ اکٹھے کالج جاتے، اکٹھے واپس آتے، اکٹھے مال اور

پھر لارنس گارڈن کی سیر کرتے، اکٹھے موسیقی سنتے، اکٹھے تصویری نمائشیں دیکھتے، اکٹھے مشاعرے پڑھتے، اکٹھے کھانا کھاتے۔۔۔ بس عشق الگ الگ کرتے تھے ہم۔۔۔ اُسے غالباً آرٹ اور جرمنی سے عشق تھا اور مجھے۔۔۔! خیر، چھوڑیئے اس بات کو۔ آپ کو اس میں کیا دلچسپی ہو سکتی ہے بھلا۔ ہاں تو پھر امجد جرمنی چلا گیا یا چلا آیا، بی اے کے نتیجے سے پہلے ہی۔ یوں ہمارا رابطہ خطوں تک یا پھر اس کی پاکستان آمد پر دو ایک روز کی ملاقاتوں کے سلسلے تک محدود ہو کر رہ گیا۔

اب مدت بعد ہم پھر یوں اکٹھے ہوئے ہیں۔ دن بھر وائس آف جرمنی کی اردو سروس میں اور شام کو شہر بھر میں۔ ہمارے ہاں، اس کے اپارٹمنٹ میں، ناز بہن اور شاہ صاحب کی طرف، جاہد الحق اور انصاری صاحب کے ساتھ، کلوڈوِش پلاٹس کے تُرک ریستوران میں، مرغابیوں والے پارک میں، رائن کے کنارے، کیتھڈرل ڈوم کے تاریخی پہلو میں، نوئے مارٹ کے فٹ پاتھ پر اطالوی ٹھیلے والے سے بُھنے ہوئے چیسٹ نٹس کھاتے ہوئے، نسیم خان صاحب کے ہمراہ، گروسری سٹورز میں اور۔۔۔ اور کہاں کہاں نہیں۔ امجد ان دنوں اکیلا ہے۔ اس کی بیگم بوجوہ دوسرے شہر میں رہتی ہیں۔ سو دفتر کے بعد بھی اس سے ملاقات کا کافی وقت مل جاتا ہے۔ دفتر میں دن بھر کا ساتھ رہتا ہے مگر بیشتر وقت رسمی اور نیم رسمی باتوں، میٹنگز، ورکنگ لنچ اور روزانہ کی نشریات کی نذر ہو جاتا ہے۔ سو، اس کمی کو ہم شام کی چائے پر یا رات کے کھانے کے بعد پورا کرتے ہیں۔ بقول طاہرہ چائے کے دو گھڑے ختم کرنے کے بعد۔ اس کا اشارہ چائے کے ان فربہ پیالوں کی جانب ہوتا ہے جن سے نبرد آزما ہونے کے بعد سیر یا کہہ لیجئے کولون گردی کا آغاز ہوتا ہے۔ جس کے دوران میں ہمارے ذہن اور قدم کہاں سے کہاں تک پہنچ جاتے ہیں کچھ اندازہ نہیں ہوتا۔ طاہرہ ساتھ نہ ہو تو جانے کب لوٹیں ہم اس غیر طے شدہ بے

سمت مہم سے۔ مگر وہ اپنی حقیقت پسندانہ رائے سے ہمیں واپس آج میں لے آتی ہے۔ ارد گرد کے ماحول کا احساس دلا دیتی ہے۔ کبھی کبھی وقت اور موسم سے مطابقت اور کبھی کبھی غیر مطابقت والی بات بھی کر دیتی ہے۔

"آئس کریم کھائی جائے؟۔۔ کیا خیال ہے؟"۔ ریمبرانت کی پینٹنگ "دی نائٹ واچ" کے تاریخی سفر پر بحث کا راستہ کاٹتے ہوئے وہ اچانک خواہش کا اظہار کر دیتی ہے۔

"آئس کریم؟ یہاں پہلے ہی ہماری قلفی جم رہی ہے اور محترمہ اس سردی میں ٹھنڈی آئس کریم کی تجویز پیش کر رہی ہیں۔ بھئی، سبحان اللہ"۔ میں دستانوں میں چھپے ہاتھ پھر سے جیکٹ کی جیبوں میں اُڑستے ہوئے کہتا ہوں۔

"سردی کو سردی ہی سے کاٹا جا سکتا ہے"۔ وہ مسکرا کر کہتی ہے۔

"اوہو، علاج بالمثل! بھئی واہ، ہومیوپیتھک سوچ۔ ویسے بھی یہ طرزِ علاج بنیادی طور پر جرمن ہی ہے"۔ امجد اس کی تائید کرتا ہے۔

"اب کیا ہومیوپیتھک آئس کریم بھی ملنے لگی ہے مارکیٹ میں؟"۔ میں ہار ماننے والا نہیں۔

"دیکھیئے، اِس وقت فوری طور پر اگر کافی ملے گی تو وہ خودکار وینڈنگ مشین سے ملے گی جو کچھ تو پہلے ہی ٹھنڈی ہوگی اور کچھ مزید ٹھنڈا اسے یہ سردی کر دے گی۔ تو ایسی یخ اور بک بکی کافی پینے سے اچھا نہیں کہ واقعی ٹھنڈی آئس کریم سے لطف اٹھایا جائے!" طاہرہ کا استدلال اور امجد کی تائید۔

"ایسا کرتے ہیں، میں اور طاہرہ آئس کریم لے لیتے ہیں اور پھر گھر چل کر تمہیں گرما گرم کافی پیش کرتے ہیں۔ آج ہی نیا پیکٹ لایا ہوں لِڈل مارکیٹ سے۔۔۔ اور پھر نئے ٹی وی پر ٹوائی لائٹ زون دیکھیں گے"۔ امجد کی تجویز۔

"ایک شرط پر چلیں گے آپ کے گھر امجد بھائی۔۔۔" طاہرہ کہنا شروع کرتی ہے۔

"مشروط کافی! نہیں چلے گی، نہیں چلے گی"۔ میں نعرہ لگاتا ہوں۔

"اگر وعدہ کریں کہ وہاں جا کر آپ لوگ اپنی یہ بے تکی تکرار پھر سے شروع نہیں کر دیں گے"۔ طاہرہ میرے احتجاجی نعرے کو نظر انداز کرتے ہوئے اپنی بات مکمل کرتی ہے۔

"چلو وہاں پہنچ کر نہ سہی راستے میں تو کر سکتے ہیں ناں؟" میں باز آنے والا نہیں۔ طاہرہ بے طرح مجھے گھورتی ہے۔

امجد مسکراتے ہوئے گنگنانے لگتا ہے "ساون کے جھولے پڑے، تم چلے آؤ۔۔۔ تم چلے آؤ"

پھر گیت کی نغمگی اس کی سریلی سِیٹی کے روپ میں سردی سے الجھنے لگتی ہے۔

"یار حامد، اس گیت میں تم نے اپنی طرف سے بھی کچھ بول جوڑ دیئے تھے، یاد ہے؟۔" وہ کہتا ہے۔

ہاں، کچھ تھے تو بول۔ اب یاد نہیں۔ بہت مدت ہو گئی یار۔ یہ بتاؤ تم اتنا تیز تیز کیوں چل رہے ہو، گھر ہی تو جانا ہے۔" میں کہتا ہوں۔

"کہا ناں، ٹی وی پر ٹوائی لائٹ زون آنے والا ہے، میرا پسندیدہ شو۔" امجد ہوا میں لہراتے اپنے دھاری دار مفلر کو گردن کے گرد لپیٹتے ہوئے جواب دیتا ہے۔

"آج تو ایلفرڈ ہچکاک کی 'دی برڈز' دیکھنے کا ارادہ تھا" میں گویا منمناتا ہوں۔

"نہیں یار، آج نہیں۔ میں یہ شو مِس نہیں کر سکتا۔" امجد کا کورا جواب۔

"کیوں پسند ہے بھلا تمہیں یہ شو؟" میرا دھیما ااستفسار۔

"یہ کیا سوال ہوا! بھئی مجھے اچھا لگتا ہے۔ دل چسپ ہے۔ پراسرار اور حیرت انگیز

واقعات اور بدن میں جھرجھری لاتا سسپنس، سائنس فکشن اور۔۔۔ اور ایک مختلف رُخ۔۔۔" امجد کہتا ہے۔

"ایسے ہی کسی رُخ کی میں بات کرتا ہوں تو تم اُسے روحانیات اور اشفاقیات کہہ کر ہنسی میں اُڑا دیتے ہو۔ تمہارے پسندیدہ شو میں بھی کیا عجیب و غریب امکانات کے نقش نہیں ملتے ؟"۔ جانے میں گلہ کر رہا ہوں یا سوال!

"پھر وہی فکشن، سنسنی، عجیب و غریب رُخ۔۔۔ باز نہیں آئیں گے آپ!"

طاہرہ کی خفگی کے ہمراہ ہم امجد کے گھر کی طرف بڑھ رہے ہیں۔

"فکشن کا مطلب جانتے ہو ناں تم!" چند لمحوں کی خاموشی کے بعد امجد بولتا ہے۔

"ہاں، جانتا ہوں لیکن کیا مفروضے ہی سائنسی حقائق کی بنیاد نہیں ٹھہرتے ؟ کتنی ہی ایجادات ہیں جن کا ذکر کسی پرانی کہانی یا ناول میں موجود ہے۔ کل کا ایک خیال آج کی حقیقت ہے۔ ماضی میں جو ناممکن لگتا تھا، اب عین ممکن ہے۔ ہے کہ نہیں؟ جارج آرول کا ناول ۱۹۸۴ء دیکھ لو۔۔۔ اور پھر ایلون ٹافلر کی فیوچر شاک اور تھرڈ ویو۔۔۔ اور۔۔۔" میں کہتا چلا جاتا ہوں۔

"ان کتابوں میں ایسی بے سروپائی کہیں بھی نہیں۔ وہ کتابیں تو۔۔۔۔۔"

"پھر لے بیٹھے وہی قضیہ، چھوڑیں اسے کوئی اور بات کرتے ہیں۔۔۔ بہن بھائیوں کی کھٹی میٹھی بات، لاہور کی بارشوں کی بات، پاکستانی ڈراموں کی بات، باغِ جناح کے گول گپوں کی بات۔۔۔" طاہرہ امجد کی بات کاٹ دیتی ہے۔

"اور باغِ جناح کے کوّوں کی بات۔۔۔" میں ہنس کر لقمہ دیتا ہوں۔ "امجد کو ویسے بھی لاہور کے کوّے جرمنی کے کوّوں سے کہیں زیادہ خوب رُو بلکہ چمکیلے لگتے ہیں۔ یاد نہیں تمہیں؟ دو سال پہلے جب لاہور آیا تھا تو انسانوں سے زیادہ تو اس نے اُن کوّوں کی

تصویریں لی تھیں۔۔۔"

"اِس کی کیا بات کرتی ہو طاہرہ"۔ امجد کہتا ہے۔"تمہارے آنے سے پہلے کی بات ہے، ایک دن انصاری صاحب کے ساتھ ان کے گھر گیا۔ تم جانتی ہو وہ یہاں اکیلے رہتے ہیں۔ خیر، وہ دروازہ کھولنے کے لیے چابی گھمانے لگے تو یہ حضرت دروازے کی گھنٹی دبا نے لگے۔۔۔ انہوں نے کہا، کیا کر رہے ہو بھئی میں تو یہاں ہوں تمہارے ساتھ، گھنٹی پر اندر سے دروازہ کون کھولے گا؟ تو کہنے لگا کہ دبا کر دیکھنے میں کیا حرج ہے، ہو سکتا ہے کوئی کھول ہی دے دروازہ اندر سے۔ اب انصاری صاحب بے چارے حیرت سے تکے جا رہے ہیں کبھی اسے اور کبھی دروازے کو۔۔۔ تو یہ تو بعض اوقات اس درجے کو پہنچ جاتا ہے کہ ایزی کے چکر باز فلسفے کو بھی پیچھے چھوڑ جاتا ہے۔۔۔"

"ایزی کی بات نہیں یار، تمہیں کیا اشفاق صاحب کا وہ افسانہ بھول گیا۔۔۔ ارے تم نے ہی تو مجھے پڑھنے کو دیا تھا۔۔۔ جس میں ایک شخص بیک وقت ایک سے زیادہ جگہوں پر موجود ہوتا ہے، یاد نہیں؟" میں معصومیت سے کہتا ہوں۔

"او خدایا! پھر وہی ان ہونی باتیں۔۔۔ توبہ ہے!" طاہرہ کی خفگی کا گراف اوپر جا رہا ہے۔

امجد کا گھر اب سامنے ہے۔

اس سے پہلے کہ وہ جیب سے چابی نکالے میں تیزی سے آگے بڑھ کر دروازے کی گھنٹی دبا دیتا ہوں۔ ٹرِن، ٹرِن، ٹرِن۔۔۔

"کون؟" اندر سے آواز آتی ہے۔

"ہم۔۔۔ اور کون!؟

اور کھٹ سے دروازہ کھل جاتا ہے۔

سامنے امجد کھڑا ہے۔۔۔ دہلیز پر۔۔۔ ہمارے استقبال کو۔۔۔ حسبِ معمول اپنی خوب صورت۔"زیرِ مونچھ" مسکان کے ساتھ۔

"آؤ، آؤ۔ آجاؤ اندر جلدی سے۔ کافی تیار ہو رہی ہے، گرما گرم۔ آج ہی نیا پیکٹ لایا ہوں لِڈل مارکیٹ سے۔۔۔ ٹوائی لائٹ زون بھی بس شروع ہونے کو ہے۔ اب آ بھی چکو، یار۔"

میں قدم دہلیز سے اندر رکھتے ہوئے مُڑ کر طاہرہ کو دیکھتا ہوں۔۔۔

اس کی حیراں آنکھیں گلی کی نیم تاریکی میں جانے کسے ڈھونڈ رہی ہیں۔!

Ref.: caarwan.com

***

موت کے تعاقب میں

ڈاکٹر غافر شہزاد

وہ اس وقت دفتر میں تھا کہ جب اسے بیوی نے ٹیلیفون پر اطلاع دی کہ اس کی دس ماہ کی بیٹی کی طبیعت خراب ہے، اور اسے رک رک کر سانس آرہا ہے۔ یہ خبر اس کے لیے خلاف توقع نہ تھی۔ وہ صبح سے بار بار اپنے موبائل فون کی سکرین کی جانب دیکھتا تھا کہ جب وہ روشن ہو جاتی۔ دو تین ایس ایم ایس اس کے دوستوں کی جانب سے تھے جنھوں نے اسے دو دن بعد آنے والی عید میلاد النبی ﷺ کی مبارک باد اور دعاؤں کا پیغام بھیجا تھا۔ زیادہ تر ایس ایم ایس موبائل کمپنی کی جانب سے آرہے تھے کہ جو کسی پراڈکٹ کے اشتہار تھے یا پھر موبائل کمپنی کے اپنے مختلف پیکیج تھے جو نہایت پرکشش الفاظ میں مختلف طرح کی پیش کش دے رہے تھے۔ وہ ہر بار جھنجھلا جاتا۔ ایک شدید کوفت کے باعث وہ بار بار دفتری کام سے اپنی توجہ کھو بیٹھتا۔ باس نے دو خط ٹائپ کرنے کے لیے دیے تھے، تین دفعہ وہ ہمت جتا کر انھیں ٹائپ کرنے کے لیے بیٹھا بھی، مگر اس کی توجہ ایک نقطہ پر ٹک نہیں رہی تھی۔ دھیان بار بار گھر کی جانب جا رہا تھا۔ رات شدید سردی کی وجہ سے اس کی دس سال کی بیٹی گڑیا کا سانس رک رہا تھا، گیس نہیں آرہی تھی، کمرے میں سخت سردی تھی، دسمبر کے دن تھے، اور گڑیا کو سانس کی تکلیف تھی۔ وہ ہر روز Nebulization کے لیے ڈاکٹر کے پاس جا رہا تھا۔ مگر رات کے پچھلے پہر گڑیا کی

سانسیں اکھڑنے لگتیں۔ وہ اسے سردی سے بچانے کے لیے اپنی بانہوں کے حصار میں لے کر اپنے سینے کے ساتھ لگا لیتا کہ اپنے جسم کی گرمائش سے اسے سردی سے بچا سکے۔ مگر دسمبر کے آخری عشرے کی سردی ایسی تھی کہ سیدھی ہڈیوں میں اتر رہی تھی۔ صبح سورج نکلنے سے ذرا پہلے گڑیا کی آنکھ لگی تھی اور وہ نہا کر، ناشتہ کیے بغیر ہی دفتر چلا گیا تھا۔ اس کی بیوی صوفے پر ہی لحاف اوڑھے بیٹھے بیٹھے سو رہی تھی۔ ساری رات جاگنے کے بعد اس کی آنکھ لگی تھی۔ اس نے مناسب نہ سمجھا کہ وہ اسے جگائے اور اس نے ناشتہ دفتر پہنچ کر ہی کیا تھا۔ اس کا دھیان اس جانب سے ہٹ ہی نہیں رہا تھا کہ معلوم نہیں گڑیا کی کیسی حالت ہو گی؟ وہ فون اس لیے نہیں کر رہا تھا کہ کیا معلوم گڑیا سوئی ہو اور فون کی آواز سن کر جاگ جائے۔ عجیب سی بے چینی نے اسے اپنے حصار میں لیا ہوا تھا۔ اسے بار بار اپنا سانس رکتا ہوا محسوس ہو رہا تھا۔

اس وقت ساڑھے گیارہ بجے کا وقت ہو گا کہ موبائل فون کی گھنٹی بجی۔ دوسری گھنٹی کی آواز سے پہلے ہی وہ فون کان سے لگا چکا تھا۔ اس کی بیوی کی روتی ہوئی آواز، پریشانی میں اس کے منہ سے الفاظ بھی نہیں نکل رہے تھے۔ بغیر کچھ سمجھ میں آئے، اسے اندازہ ہو گیا کہ گڑیا کی طبیعت سنبھل نہیں پا رہی۔ وہ فون کان سے لگائے اپنی سیٹ سے اٹھا اور تقریباً دوڑتا ہوا سیڑھیاں اتر گیا۔ اس کے پاس موٹر سائیکل تھی، بس ہوا کے دوش اڑتا جا رہا تھا۔ اسے معلوم تھا کہ اس کا ایک ایک لمحہ نہایت قیمتی ہے اور اس ایک لمحے کی گرہ میں اس کی بیٹی کی زندگی کی ضمانت بندھی تھی۔ ٹریفک بہت زیادہ تھی، وہ جیسے تیسے کر کے گھر پہنچا۔ محلے کی دو چار عورتیں اس کی بیوی کو تسلی دے رہی تھیں، ایک نے گود میں گڑیا کو لے رکھا تھا اور کوئی دوا اس کے منہ میں چمچ سے ڈال رہی تھی مگر ہر بار دوا اس کے منہ سے باہر گر پڑتی تھی۔ اس نے بیٹی کو اٹھایا، ایک چادر لی اور اس میں بیٹی کو ڈالا، چادر کے دو

سِرے گردن کے ساتھ باندھے، اس میں بیٹی کو ڈالا، اور جس تیزی سے وہ گھر آیا تھا اس سے کہیں زیادہ تیزی کے ساتھ وہ بیٹی کو لے کر ہسپتال کی جانب موٹر سائکل پر چل پڑا۔ یوں لگتا تھا کہ سارے شہر کی ٹریفک اسی سڑک پر امڈ آئی ہے۔ اس نے کبھی اس بات کا نوٹس ہی نہ لیا تھا کہ شہر میں اتنی زیادہ موٹر سائکلیں، اتنی زیادہ گاڑیاں، اتنے زیادہ چنگ چی رکشے، اور تو اور سڑک سے اتنی زیادہ تعداد میں ایمبولینسیں گزرتی ہیں۔ ٹریفک کا ایک طوفان تھا جو سڑک پر امڈ آیا تھا۔ دس ماہ کی بیٹی کو اس نے چادر میں ڈال کر گلے میں ڈال رکھا تھا اور ہوا کے دوش اڑتا جاتا تھا اور ہسپتال جوں جوں قریب آ رہا تھا، اس کے اوسان بحال ہو رہے تھے۔ بیٹی کا جسم گرم تھا، اسے اس بات کا اطمینان تھا۔ جب کسی چوک میں اشارے پر رکتا تو چادر کے اندر جھانک کر دیکھ لیتا، بیٹی کی سانس چلتی ہوئی پا کر اسے اطمینان ہو جاتا اور وہ پھر ہسپتال کی جانب ہوا میں اڑنے لگتا۔ ہوا میں اڑتے ہوئے اسے یوں لگا جیسے کسی نے اس کے پر کاٹ دیے ہوں، جیسے اس کے بازو منجمد ہو گئے ہوں، جیسے وقت رک گیا ہو، جیسے کرہ ارض پر ہر شے ساکت ہو گئی ہو، جیسے وقت کا وہ ایک لمحہ موت کی گرفت میں آ گیا ہو۔ اور اب اس لمحے کی گرفت میں کل کائنات کی سانس ڈوب رہی تھی، کرہ ارض پر جتنے ذی روح تھے، ان کی نبضیں ڈوب رہی تھیں۔ ٹریفک رکا ہوا تھا اور گاڑی کے ساتھ گاڑی جڑی ہوئی تھی، موٹر سائکل پر موٹر سائکل چڑھی ہوئی تھی، اتنا راستہ بھی نہیں مل رہا تھا کہ ہوا بھی درمیان میں سے گزر سکے، وہ بھلا کیسے گزر سکتا تھا۔ ٹریفک کا پھنسنا روز کا معمول بن چکا تھا، صرف دو سو میٹر کے فاصلے پر ہسپتال تھا، مگر یہ دو سو میٹر دو سو کلو میٹر بن گئے، ٹریفک چیونٹی کی رفتار سے بھی چلنے کی حالت میں نہیں تھی۔ اس نے بھی اسے معمول کا ٹریفک جام سمجھا اور وقت کی نزاکت کو سمجھتے ہوئے، موٹر سائکل وہیں چھوڑا اور موٹر سائکلوں کے بیچ میں سے ہوتا ہوا کسی طرح فٹ پاتھ تک پہنچا

کہ جہاں پیدل چلنے والوں کا ایک جم غفیر امڈا پڑا تھا، وہ ان کے درمیان میں سے راستہ بناتے ہوئے ہسپتال کی جانب جا رہا تھا، جب چوک میں پہنچا کہ جہاں سے مڑنے کے بعد ہسپتال کا مین گیٹ صرف پچاس میٹر رہ جاتا تھا، اس پر یہ انکشاف ہوا کہ یہ ٹریفک جام نہیں تھا بل کہ کسی وی۔وی۔آئی۔پی کے لیے ٹریفک کو روکا گیا تھا اور اس کی وجہ سیکیورٹی تھی۔ اس نے سیکیورٹی آفیسر سے نہایت مختصر لفظوں میں بیٹی کی طبیعت کی خرابی کے بارے میں بات کرتے ہوئے ہسپتال جانے کی اجازت چاہی مگر اس پتھر کے بنے بے حس انسان پر فرض شناسی کا ایسا بھوت سوار تھا کہ اسے اپنے جیسے انسان کی زبان سمجھ نہیں آرہی تھی۔ وہ سرکار کی زبان بول رہا تھا، ایک خوف زدہ، ڈرے ہوئے فرض شناس سرکاری ملازم کی زبان بول رہا تھا، "کسی کو بھی اندر جانے کی اجازت نہیں دے سکتے، تمھاری جگہ اگر میری بیٹی بھی ہوتی، تب بھی اسے یہیں سڑک پر اس آخری لمحے کا انتظار کرنا پڑتا کہ وی۔وی-آئی-پی افتتاح کے بعد یہاں سے چلا نہیں جاتا۔"

اس کے پاس وقت بہت کم تھا۔ اس نے مزید بحث نہیں کی، ہسپتال میں داخل ہونے والے دوسرے راستے کی جانب بھاگا۔وہاں بھی ایسی ہی صورت حال تھی۔ وہاں بھی ویسا ہی انسان سیکیورٹی پر مامور تھا۔ٹریفک رکا ہوا تھا۔اس نے اپنے ہاتھوں میں بیٹی کو اٹھایا ہوا تھا اور وہ ننگی سڑکوں پر بھاگ رہا تھا۔اور اس کے بھاگنے کا منظر ٹیلی ویژن چینلز پر دکھایا جا رہا تھا، سارا شہر ہی نہیں، سارا ملک دیکھ رہا تھا، ایک باپ اپنی دس ماہ کی بیٹی کو دو ہاتھوں میں اٹھائے، صرف ہسپتال ڈاکٹر کے پاس پہنچنا چاہتا تھا، وہ ڈاکٹر جو صرف پچاس قدم دور تھا اور اس کی بیٹی کو بچا سکتا تھا مگر ڈاکٹر اور اس کی دس ماہ کی بیٹی کے درمیان موت حائل ہو گئی پھر یہ فاصلہ کیسے ختم ہو سکتا تھا۔

وی وی آئی پی چلا گیا، افتتاح ہو گیا، مگر تب تک اس کی بیٹی اس دنیا سے دور جا چکی

تھی کہ اس کا واپس آنا ممکن نہ تھا، کوئی بھی اسے واپس نہیں لا سکتا تھا، وقت واپس نہیں لوٹ سکتا تھا، مگر وہ اپنی دس ماہ کی مردہ بیٹی کو ہاتھوں میں اٹھائے سڑکوں پر شام تک بھاگتا رہا، ہسپتال کا راستہ کھل گیا تھا، ٹریفک معمول پر آ گیا تھا، مگر وہ ایک سڑک سے دوسری سڑک پر، ایک گیٹ سے دوسرے گیٹ تک بھاگتا رہا، مگر ہسپتال کے اندر جانے کا اسے راستہ ہی نہیں مل رہا تھا، اسے سب کچھ نظر آتا تھا بس داخلی دروازہ دکھائی نہیں دیتا تھا، یہاں تک کے شام کے غروب ہوتے سورج نے اپنی زنبیل کے اندر سب حقائق کو اندھیرا پھیلنے تک چھپا لیا۔

Ref.: caarwan.com

٭٭٭

ہم سخن ہوئے خواب

آصف عمران

رات کا پچھلا پہر ہے اور گلی میں سناٹا زرد چاندنی کی چادر اوڑھے گہری نیند سو رہا ہے۔ مَیں پلنگ پر لیٹا سوچ رہا ہُوں کہ مجھے نیند کیوں نہیں آرہی۔ یہ نیند کا پرندہ روشندان میں بیٹھا گھر کے دروازے پر نظریں جمائے کِس کے اِنتظار میں ہے جب کہ گھر کے ہر کمرے میں نیند بھری سانسوں کا پکا راگ ہر فرد کے پلنگ پر بیٹھا میرے ساتھ جاگ رہا ہے۔ اِس راگ میں چند سانسوں کی تکرار سماعتوں میں گونج بن کر اپنی لَے پر رقص کر رہی ہے۔ نہ جانے کِتنی صدیوں سے زِندگی کا یہ گیت ایک ہی راگ میں جاری ہے۔ مگر میرے اندر بھی خاموشی کا دباؤ بڑھ رہا ہے اور خواب آلود ہوائیں کِسی طوفان کو کمرے میں کھینچ کر لا رہی ہیں۔ پہلے ہی سحر انگیز سرگوشیاں میرے بِستر کی طرف رینگنے لِگیں پھِر نیند کے پرندے نے اُڑان بھری اور میری آنکھوں کی وادی میں کِہیں گم ہوگیا۔ رات کے اِس سناٹے دار پہر میں اُس کے بدن کی خوشبو کی سرسراہٹ نے مجھے اپنے حِصار میں لینا شروع کر دِیا۔ اور اِس کے ساتھ ہی میرے کانوں میں گھوڑوں کی ٹاپیں سمانے لِگیں۔ تب دروازے پر ہلکی سی دستک کی صدا نے میری سماعت کی چادر پر اپنا پیغام پھیلا دِیا تو مَیں خود کو ہوا میں اُڑتا ہُوا محسوس کرنے لگا۔ مجھے یُوں محسوس ہُوا کہ مَیں جہاں موجود ہُوں دراصل مَیں وہاں نہیں ہُوں، دُور ہوا میں دوڑتے ہُوئے گھوڑوں کے سُموں کی

آواز۔۔۔ ہم سُخن ہوتے ہُوئے جو ہر خواب کی آنکھوں میں اُتر رہی ہے۔ مَیں نظر اُٹھا کر دیکھتا ہُوں کہ وہ آگے بھی ہے۔۔۔ وہی پیچھے بھی۔۔۔ اور وہی درمیان پر بھی محیط ہے۔ جو ہر چیز کو تھامے ہُوئے ہے۔ جو نہ تھکتا ہے نہ اُونگھتا اور نہ سوتا ہے۔ اِس جہان سے اُس کا جانے کب سے رِشتہ جُڑا ہُوا ہے۔ نیند کے اِس جہان میں ایک نئی دُنیا میرے اندر جاگ اُٹھتی ہے۔ دروازے پر دستک کی آواز کی رسی تھامے مَیں دروازے پر آتا ہُوں تو وہاں سفید گھوڑے پر سوار ایک اجنبی ہاتھ جوڑ کر عرض کرنے لگا کہ حضور آپ کا بُلاوا آیا ہے۔ آپ کرم کریں اور میرے ساتھ چلیں۔۔۔

مَیں نے دائیں بائیں دیکھا۔۔۔ وہ اکیلا ہی ہے۔ گلی چاندنی میں نہائی ہُوئی ہے۔ مَیں نے پیچھے مڑ کر دیکھا دروازہ خود بخود بند ہو گیا۔۔۔

گویا مجھے جانا ہی ہے۔۔۔ چاروں طرف سرمستی کی ہوائیں چلنے لگِیں۔

جانا کہاں ہے۔۔۔ اور سواری۔۔۔ مَیں نے اپنا سوال اجنبی کی طرف اُچھال دِیا۔

سواری حاضر ہے۔۔۔ آپ آیئے۔۔۔ مَیں نے آنکھ اُٹھا کر دیکھا تو ایک صحت مند سفید گھوڑا سواری کے لیے تیار کھڑا پایا۔۔۔ مَیں گھوڑے پر سوار ہو کر اُس کے ساتھ چل دِیا۔ گھوڑے ہواؤں کے ساتھ بھاگنے لگے۔۔۔ اِتنے تیز رفتار۔۔۔ کہ روشنی کی رفتار بھی ساتھ نہ دے سکی۔۔۔ ایک جگہ تو ٹاپوں کی آواز بھی ہواؤں میں گُم ہو گئی۔۔۔ مَیں نے لگام کو مضبوطی سے تھامے رکھا۔۔۔ گھُپ اندھیرا۔۔۔ سمت کا کچھ پتہ بھی نہ چلا۔۔۔ اور پھِر ایک بستی کی

اُونچی حویلی کے سامنے جا رُکے۔۔۔ دروازہ کھُلا اور وہ مجھے کمرے میں پہنچا کر نظروں سے اوجھل ہو گیا۔

کمرے میں پلنگ پر لیٹی ایک خوب صورت لڑکی۔۔۔ لمبے گھنے سیاہ بال جو تکیے پر

سے ہو کر زمین کو چھُو رہے ہیں۔۔۔ مُنہ پر باریک نقاب۔۔

آنکھیں بند۔۔۔ اور ایک پھُولدار چادر سے اپنے جسم کو ڈھانپ رکھا ہے۔ مخروطی اُنگلیوں والا خوب صورت ہاتھ۔۔۔ سینے پر پڑا سانسوں کے زیر و بم کے ساتھ حرکت کر رہا ہے۔ مَیں پلنگ کے قریب پڑی کُرسی پر بیٹھ کر غور سے اُسے دیکھنے لگا۔ میری نظروں کے لمس نے اُس کی گالوں پر اپنا نام لکھا تو اُس نے آنکھیں کھول دِیں۔ تب اُس کی نظروں کی گرماہٹ سے میرا دِل پگھل کر اُسکی آنکھوں کے راستے اُس کے دِل کے آنگن میں اُتر گیا۔۔۔ لمبے سیاہ بالوں والی لڑکی پلنگ سے اُتری، دھیمے دھیمے قدم اُٹھاتی ہُوئی میری طرف بڑھی اور بازُو پھیلا کر میرے چہرے کو اپنے بازوؤں میں باندھ لیا۔ وہ اپنے سر کو جھکا۔۔۔ کر میری پیشانی پر ہونٹوں کے دائرے کی مُہر ثبت کرتی ہے۔ پھِر گال چُومتی ہے اور پھِر ہونٹ۔۔۔ اور پھِر وہ دیوانوں کی طرح مجھے چُومتی ہے۔ اور پھِر سِسکتے سِسکتے رونے لگتی ہے۔ مَیں اُس کی بانھوں میں پگھلنے لگا اور اپنے کانپتے ہُوئے ہاتھوں سے لڑکی کے سیاہ گھنے بالوں سے کھیلنے لگتا ہُوں۔۔۔ پھِر دو پرچھائیاں بانھوں میں بانھیں ڈالے دیوار پر آویزاں قد آور آئینے کے سامنے کھڑے ہو کر اُس پر نظریں گاڑ دیتی ہیں اور پھِر۔۔۔

اُس نے سر گوشی کی۔۔۔ مَیں نہ کہتی تھی کہ رات کا اُجالا زِندگی ہے۔۔۔ تُم آ گئے تو مَیں نہال ہو گئی ہُوں۔ مَیں تو مُدتوں سے تمھارا اِنتظار کر رہی ہُوں۔۔۔

جب تُم نہیں ہوتے تو تنہائی مجھے کاٹ کھاتی ہے۔ میرا زِندہ گوشت کھا جاتی ہے۔ مَیں تڑپتی ہُوں، تُمھیں یاد کرتی ہُوں۔ تیری بانھوں میں چھپ جانا چاہتی ہُوں اب تیرے من کے سِوا میرا کوئی ٹھکانہ نہیں۔۔۔ مَیں نے آج تک زِندگی میں ہر چیز اپنی دُعاؤں کے وسیلے سے حاصل کی ہے۔ لیکن اب مَیں تمھارے لیے دُعا مانگنے سے ڈرتی ہُوں کہ اگر میری دُعا قبول نہ ہُوئی تو ہِجر کا عذاب کیسے کاٹُوں گی۔ میرے اندر ایک عجیب

سی تشنگی ہے۔۔۔ جو رفتہ رفتہ صحرا میں بدلتی جا رہی ہے۔

وہ خاموش ہُوئی۔۔۔ مَیں بھی خاموش۔۔۔ مَیں نے پیار سے اُس کا ہاتھ تھاما۔۔۔

ہم دونوں کے سائے آئینے میں لہرا کر ایک دُوسرے میں تحلیل ہو گئے۔

خاموشی۔۔۔ اُداسی۔۔۔ اور تنہائی۔۔۔ اُس کے بدن کا صحرا میری آنکھوں میں اُتر آیا ہے۔ اُداسی کی لُو چلی تو میری آنکھیں ریت سے اٹ گئیں۔ اور درد کی چُبھن میرا مقدر بن گئی۔ مَیں نے اندر سے اپنے آپ کو خالی خالی محسوس کِیا۔ اُس خالی پن کی شِدت کو کم کرنے کے لیے مَیں نے اُس

کے ہاتھ کو آہستہ سے دبایا تو اُس کی سانسوں کی ریت اور گرم لُو سے بھرا ہُوا جھونکا میرے چہرے سے ٹکرایا۔

کیا تُم نے کبھی اپنے ہاتھوں کو غور سے دیکھا ہے؟ مَیں نے سوال اُس کے چہرے کی تختی پر لکھ دِیا۔ جانتی ہو تُم نے میری خوشیوں کو اپنے ہاتھوں کی لکیروں میں قید رکھا ہے۔۔۔ تمھارے یہ ہاتھ مجھے کوئی کام نہیں کرنے دیتے۔ سُوکھے سڑے ہاتھ ہیں تمہیں کیا کہتے ہیں۔۔۔ اُس نے ہونٹوں کی کمان سے لفظوں کے تِیر چھوڑے۔ مجھے ایک بات تو بتاؤ کہ تُم اِتنے بھاری دروازے کو کھول کر میرے وجود میں تحلیل کیسے ہو گئے۔۔۔؟ پتہ نہیں کتنے دستک دیتے ہُوئے راستوں میں لاپتہ ہو گئے۔۔۔ کمرے میں گہری خاموشی نے سیاہ خیمہ تان لِیا۔ اُس کی آنکھوں میں نیند نے سرگوشیاں شروع کر دِیں تو اُس کی پلکوں نے آنکھوں کا دروازہ بند کر دِیا اور مَیں کمرے سے باہر نکل آیا۔ رینگتی ہُوئی رات پچھلے پہر کے آخری کنارے سے جا لگی۔ مَیں اپنی دُنیا میں واپس آیا تو نیند سے بوجھل آنکھیں۔۔۔ تھکن سے چُور۔۔۔ سامنے نہ گھر ہے نہ گھوڑا ہے، نہ بستی۔۔۔ نہ لڑکی۔۔۔ کمرے میں مکمل خاموشی۔۔۔ پھِر مجھے اچانک یاد آیا کہ میڈم بُخاری نے کتنے

دِن پہلے تاکید کی تھی کہ مَیں کِسی ماہرِ نفسیات کو مِلوں اور انھیں بتاؤں کہ ماہرِ نفسیات نے کیا کہا ہے۔۔۔ ٹھیک ہے آج کالج سے فارغ ہو کر ہر صورت میں ڈاکٹر سے وقت لیکر مُلاقات کرُوں گا۔ کیوں کہ میرے ساتھ اکثر ایسے ہوتا ہے کہ جب شام کے گہرے سائے در و دِیوار سے اُتر کر میرے کمرے میں رات کا لباس پہن لیتے ہیں تو میرے اندر کی تمام پرچھائیاں باہر نکل آتی ہیں۔ اور میرے ارد گرد ایک نئ دُنیا جنم لے لیتی ہے۔ اُس دُنیا کی حالت عجیب ہوتی ہے۔ زمین اور آسمان کی حدیں مِلتی ہیں۔ واقعہ اور خیال ایک دوسرے میں ضم ہو جاتے ہیں اور مَیں محض ایک رُوح کی مانند اُن کے درمیان موجود ہوتا ہُوں۔ وہ میرے کندھے پر ہاتھ رکھ کر ساتھ کھڑی ہو جاتی ہے تو آئینے کی آنکھیں پگھل جاتی ہیں۔ ہمارے چاروں اور اندھیرا ہی اندھیرا چھا جاتا ہے۔ اور مَیں سوچتا ہُوں کہ اب جو کچھ میرے سامنے ہو رہا ہے وہ کِسی دوسری دُنیا میں بھی ہو رہا ہو گا۔ جہاں ہمارے دوسرے وجود موجود ہیں۔۔۔ ایک اور دُنیا۔۔۔ ایک اور اپنا آپ۔۔۔ اپنے پیچھے چھوڑ آئے ہیں اور یُوں ایک دوسری دُنیا میں منتقل ہو جانے پر بہت سے واہمے حقیقت بنتے ہیں اور حقیقتیں واہمہ۔۔۔ اور پِھر اِس طرح False Perceptions کا ایک سلسلہ شروع ہو جاتا ہے۔ جِن کی نہ کوئی اِبتدا ہے نہ اِنتہا۔۔۔ یہ لمحہ مجھے کِہیں ٹھہرنے نہیں دیتا۔ میرے سامنے اِنسانی شکلیں اُبھرنے لگتی ہیں اور کبھی کبھی یہ شکلیں خوفناک چہروں میں بدل جاتی ہیں۔۔۔ مَیں خوفزدہ ہو جاتا ہُوں۔۔۔ اِس خوف کی شِدت کو کم کرنے کے لیے مَیں اُن سے گفتگو کرنے کی کوشش کرتا ہُوں۔ مگر وہ کوئی جواب نہیں دیتِیں۔۔۔ بدلتی شکلیں۔۔۔ ہوا میں تیرنے لگتی ہیں اور مَیں اپنے ہی ایٹوپیا میں محصور ہو جاتا ہُوں۔ اور میرے سامنے دو دُنیائیں ایک دوسرے میں ضم ہونے لگتی ہیں۔

صُبح ہونے پر رات کی دُنیا غائب ہو جاتی ہے اور مجھے رات کی واردات پر حیرت ہوتی

ہے۔ کیوں کہ صُبح ہر چیز اپنی جگہ پر پڑی اپنے آپ میں موجود ہوتی ہے۔ سب سے بڑا عذاب تو اُس واردات کے ثبوت کی خواہش ہے۔ مگر خوابوں کی دُنیا میں ثبوت نہیں مِلتے۔۔۔اِسی لیے خوابوں کی یہ دُنیا صِرف میرے اندر ہی سانس لیتی رہتی ہے۔ یہ خواب مجھ سے ہم سُخن ہوتے ہیں۔ مگر دِن کی روشنی میں حقیقت جاننے کے لیے ثبوت تلاش کیے جاتے ہیں۔ آخر ہمیں کِسی دُنیا میں تو زِندہ رہنا ہے مگر یہ دُنیا مجھے اپنی ذات کے اندر نہیں بلکہ باہر ہی مِلے گی۔ اور مَیں اُس کی تلاش میں نفسیات کے زرِیں اصولوں اور تھیوریوں کو آزمانے کی کوشش کرتا ہُوں۔ نفسیات کی کتابیں پڑھتے پڑھتے میں اِنسانوں کی نفسیات پڑھنے کی کوشش بھی کرتا ہُوں۔ مگر آج تک اپنے کالج کی کولیگ نفسیات کی پروفیسر ندا آ بُخاری کی اُلجھی ہُوئی فطرت کے تار و پور کو یکجا کر کے کِسی نتیجہ پر نہیں پہنچ سکا اور نہ ہی مَیں اپنا نفسیاتی تجزیہ کر سکا ہُوں کہ مَیں میڈم بُخاری کے بارے میں کیا کیا اور کیوں سوچتا رہتا ہُوں۔ میرے اندر اِس اُلجھی ہُوئی گتھی کے تہہ در تہہ سوالوں کو سلجھانے میں نفسیات کا کوئی قاعدہ، کوئی کُلیہ میری مدد نہیں کر پا رہا۔ میڈم بُخاری شعبہ نفسیات کی ہیڈ ہیں اور مَیں شعبہ اُردو کا ایک جونیئر لیکچرار، لیکن جب سے مَیں نے کالج جوائین کِیا ہے میرے اندر ہلچل مچی ہُوئی ہے۔ مجھے کبھی کبھی محسوس ہوتا ہے کہ مَیں میڈم بُخاری کو بہت مُدت سے اور بہت قریب سے جانتا ہُوں۔ ہم دونوں نے بہت سا وقت ایک ساتھ گزارا ہے، وہ میرے خوابوں میں دبے پاؤں آتی ہے اور خاموشی سے نکل جاتی ہے۔ اُن سے مُلاقات بہت کم ہوتی ہے۔ کبھی سٹاف روم میں۔۔یا کبھی کِسی فنکشن میں۔۔اُن کی مقناطیسی شخصیت نے اپنی طرف کھینچا تو مَیں نے نفسیات کے لیکچر ہال میں اُن کی کلاس میں جانا شروع کر دِیا۔

اُس دِن مَیں نے بڑا اجُرأت مندانہ فیصلہ کِیا اور لیکچر ہال کے دروازے کے قریب

پہنچا تو خاموشی کا سینہ چیرتی ہُوئی ایک کھنکتی آواز میری سماعت کی دیوار سے چپک گئی۔ طلبہ وطالبات اِنہماک کی دُنیا میں کھوئے لیکچر سُن رہے تھے۔ ہال میں مکمل خاموشی تھی۔ مَیں بھی خاموشی کی چادر اوڑھے پچھلے دروازے سے ہال میں داخل ہُوا اور ایک خالی سیٹ پر بیٹھ گیا۔ کئی طلبا نے گردنوں کو میرے بیٹھنے کی ذرا سی آواز کی طرف گھُما کر دیکھا۔ میڈم بُخاری بھی مجھے دیکھ کر کچھ پوچھنے اور نہ پوچھنے کی اُلجھن کو جھٹک کر اپنے لیکچر کی طرف متوجہ ہو گئیں۔ اکثر ایسا ہوتا کہ نفسیات میں دِلچسپی رکھنے والے یا کچھ سیکھنے کا شوق رکھنے والے جونئیر لیکچرار بھی آکر بیٹھ جاتے کیوں کہ اُن کے لیکچر میں بہت گہری سنجیدہ اور فکر انگیز باتیں ہوتیں۔ انھیں اپنے سبجیکٹ پر مکمل عبور اور فلسفۂ حیات کا مکمل ادراک بھی تھا۔ کلاس میں سب سننے والے بالکل مبہوت ہو کر سنتے جیسے کِسی جادُو کے حِصار میں ہوں۔ میڈم کا وسیع مطالعہ ہے نہ جانے کتنے مُلکوں میں گھوم چکی ہیں۔ کہیں کِسی سیمینار کے لیے۔۔ کہیں کِسی کانفرنس کے لیے۔۔اور کہیں سپیشل لیکچر کے لیے۔۔اور پھر اکثر ایسا ہوتا ہے کہ میڈم لیکچر ختم کر کے چلی بھی جاتیں مگر مَیں دیر تک ہال میں بیٹھا رہتا۔ در اصل مجھے محسوس ہوتا کہ وہ کمرے میں ہی موجود ہیں۔ اُن کی آواز بھی موجود ہوتی۔ اِلفاظ ارد گرد دھڑکتے ہُوئے میرے دِل کو چھُوتے۔ کبھی وہ بولتے بولتے میری کُرسی کے قریب آتیں تو اُن کے سانسوں کی گرماہٹ سے پگھل جاتا اور اُن کے بدن کی خوشبو کی بارش میں بھیگ جاتا۔۔۔ مَیں بانھیں پھیلا دیتا اور وہ بھی بھیگے بدن کے ساتھ میرے سینے سے چپک جاتی اور مَیں بھُول جاتا کہ مَیں کہاں ہُوں۔ کلاس میں موجود ہوتے ہُوئے بھی مَیں یہاں موجود نہ ہوتا بلکہ اُن کے کمرے میں اُن کے سامنے بیٹھا اُن کے ہاتھوں کو دیکھتا رہتا۔ میرا در اصل مسئلہ ہے کہ مَیں اُن کے خوب صورت ہاتھوں اور پتلی پتلی مخروطی اُنگلیوں کے عِشق میں کھو گیا ہُوں۔ وہ جہاں بھی ہوتی میری نظریں اُنکے ہاتھوں

پر مرکوز رہتی۔۔۔کلاس روم میں۔۔۔سٹاف روم میں۔۔۔کِسی بھی میٹنگ میں۔۔۔مجھ میں نظریں مِلانے کی ہمت تو نہ تھی مگر کوشش کرتا کہ زیادہ سے زیادہ وقت اُن کے آس پاس گزاروں۔بات چیت بھی کم کم ہی ہوتی۔

اپنے کمرے میں اکثر کتابیں پڑھتے پڑھتے اپنے ماحول سے غافل ایک ہی خیالی جُست میں میڈم بُخاری کے کمرے میں پہنچ جاتا اور اُن کے سامنے بیٹھ کر خود کو اُس کے برابر کا پروفیسر سمجھنا شروع کر دِیا۔۔۔اعلیٰ تعلیم یافتہ۔۔۔بہت پڑھنے لکھنے والی شخصیت۔۔۔جِس کے لکھے ہُوئے مضامین اعلیٰ معیاری رسائل اور اخبارات میں شائع ہوتے۔۔۔میرے لکھے ہُوئے تبصرے مستند رائے کے حامل سمجھے جاتے۔کبھی کِسی ٹی وی چینل کے پروگرام میں شرکت کرتا تو اپنے ساتھ بیٹھے ہُوئے پینل کے دوسرے لوگوں کو بولنے تک نہ دیتا۔اُن سے بات چیت کرتے ہُوئے بھاری بھر کم لفظ اِستعمال کرتا، بڑے بڑے فلاسفر اور دانشوروں کے اقوال اِستعمال کرتا۔ ہر موضوع پر بات کرنے کی کوشش کرتا۔یُوں مَیں سمجھتا کہ مَیں میڈم بُخاری کو اپنی قابلیت سے مرعوب کرنے میں کامیاب ہوگیا ہُوں۔مَیں اُن کے ہاتھوں کو دیکھتا رہتا اور تعریف بھی کرتا۔۔۔وہ زیرِلب مُسکراتی رہتی مگر مجھے کبھی بھی موقع نہ مِلا کہ مَیں اُن کی ذات کے اندر جھانک سکُوں اور نہ ہی یہ جان سکا کہ میڈم نے اپنی ذات کے گرد اِتنی مضبوط فصیل کیوں کھڑی کر رکھی ہے۔بات چیت ہوتی مگر باتیں ایک محدود دائرے میں گھومتی رہتیں۔

ایک دِن ہم دونوں سٹاف روم میں بیٹھے باتیں کر رہے تھے، مَیں نے اچانک گفتگو کے بھاگتے ہُوئے گھوڑے کی لگام میڈم کی ذاتی زِندگی کے دروازے کی طرف موڑ دی اور آہستہ سے کہا میڈم جی۔۔۔! آپ اکیلی ہوسٹل میں رہتی ہیں، آپ کے بہن بھائی اپنے

اپنے گھروں میں بیوی اور بچوں کے

ساتھ ہنسی خُوشی رہ رہے ہیں۔ کیا آپ نے کبھی نہیں سوچا کہ آپ کا بھی ایک گھر ہو۔۔۔ ساتھی ہو۔۔۔؟

اُس کی آنکھوں کی جھیل سے دو موٹے موٹے آنسو زبردستی گالوں پر آٹھہرے۔۔۔ خاموشی اور اُداسی کی دبیز چادر ہم دونوں کے درمیان تن گئی۔۔۔ کتنی دیر ہم خاموشی کی بہتی ندی کے دونوں کناروں پر آمنے سامنے بیٹھے رہے۔۔۔ اُس کی ذات کا پہاڑ ریزہ ریزہ ہو کر آنکھوں کی جھیل میں بند باندھنے لگا۔ پھر مَیں نے ہمت کر کے معذرت کے لفظوں کی قینچی سے خاموشی کا پردہ چاک کیا اور کہا۔۔۔ میڈم جی۔۔۔ سوری۔۔۔ مجھے اس موضوع پر بات نہیں کرنی چاہیے تھی۔۔۔

مگر اب وہ سنبھل چکی تھی۔ دھیمی آواز نے اُن کی ذات کا دروازہ کھول دِیا۔

نہیں۔۔ منصور کوئی بات نہیں۔۔۔ تُم یہ بات نہ بھی کرتے تو کتنے اور لوگ ہیں جو روز یہی قِصّہ لے کر بیٹھ جاتے ہیں۔۔۔ میرے عزیز و اقارب۔۔۔ اور دوست۔۔۔ اب مَیں کِس کِس کو بتاؤں کہ جب تک پروفیسر اعجاز واپس نہیں آجاتے مَیں کوئی فیصلہ نہیں کر سکتی۔۔۔ تُمہیں تو پتہ ہی ہے کہ پروفیسر اعجاز کا نام بھی لاپتہ افراد کی فہرست میں شامل ہے۔ اُن کو لاپتہ ہُوئے پانچ سال ہونے کو آئے ہیں لیکن کچھ پتہ نہیں چل رہا کہ وہ کہاں لاپتہ ہو گئے۔۔۔ زمین نگل گئی یا آسمان کھا گیا۔ اُن کی والدہ اِسی غم میں اِس دُنیا سے کوچ کر گئیں۔۔۔ نہ وہ ماں کا مُنہ دیکھ سکے اور نہ ہی جنازے کو کندھا دے سکے۔۔۔ اُداسی کے اُس ماحول میں اُن کی باتیں آہستہ رَو ندی کی طرح وقت کی لہروں پر تیرتی رہیں۔

مجھے یہ تو معلوم ہو گیا تھا کہ ہمارے کالج کے ایک پروفیسر لاپتہ افراد کی فہرست میں شامل ہیں مگر یہ نہیں جانتا تھا کہ میڈم بُخاری کے اُن کے ساتھ گہرے مراسم ہیں۔ وہ

اِنسانی حقوق کے زبردست علم بردار اور دانشور تھے۔ بہت سی سماجی تنظیموں کے ساتھ وابستہ تھے اور اخبارات میں حالاتِ حاضرہ پر مضامین لکھتے تھے۔ اُنکے لاپتہ ہونے پر بہت سی سماجی تنظیموں اور شخصیات نے قانون نافذ کرنے والے ہر اِدارے کے دروازے پر دستک دی۔۔۔ کئی این جی اوز اور مختلف اِنسانی حقوق کی تنظیموں نے لاپتہ افراد کے لیے زبردست مہم چلائی۔۔۔ سوشل میڈیا پر اُن کی رہائی کے لیے تحریک چلائی۔ حکومت اور کئی اِداروں کی ناقص کارکردگی کو تنقید کا نِشانہ بنایا۔۔۔ اِنصاف کی خاطر عدالتوں کے دروازے پر دستک دی۔۔۔ پارلیمنٹ کے سامنے دھرنا دِیا۔۔۔ مگر نتیجہ صِفر۔۔۔

پروفیسر اعجاز کی رہائی کی مہم میں مَیں نے بھی بڑھ چڑھ کر حِصہ لِیا۔ کیوں کہ مَیں اُن کے بغیر خود کو ادھورا سمجھتی ہُوں۔ یہ سچ ہے کہ ہم ایک دوسرے کو پسند کرتے تھے۔ اُن کی جُدائی نے مجھے سُوکھے پتوں کی طرح بکھیر دِیا ہے۔ میرے اندر ایک خلا پیدا ہو گیا ہے۔ نہ جانے یہ خلا کب پورا ہو گا۔ دراصل مَیں عِشق سے زیادہ عِشق کی شِکار ہو گئی ہُوں۔ وہ آہستہ آہستہ سرگوشیوں کے انداز میں بول رہی ہے اور مجھے بہت قریب ہو کر کوشش سے اُن کے لفظوں کی مچھلیوں کو اپنی سماعت کے جال میں پکڑنا پڑ رہا تھا۔

منصور۔۔! کیا یہ نااِنصافی نہیں کہ ایک بے گُناہ شہری جو کہ اُستاد بھی ہے کو معاشرہ کی نظروں سے غائب کر دِیا جائے؟ صِرف اِس جُرم میں کہ وہ اپنے ضمیر کی آواز کو سنتا ہے اور لوگوں کو بتاتا ہے کہ سچ کیا ہے۔۔۔ سچ بولنے کی اِتنی بڑی سزا۔۔۔ مَیں تو ٹوٹ پھوٹ گئی ہُوں۔۔۔ میڈم! سُنا ہے کہ جِس دِن پروفیسر صاحب لاپتہ ہُوئے اُس شام آپ بھی اُن کے ساتھ تھیں۔۔۔ ہاں۔۔۔ یہ بات صحیح ہے۔۔۔ اُس دِن شہر میں ایک این جی او نے "دہشت گردی کے تدارک کا مسئلہ" کے موضوع پر ایک مذاکرے کا اہتمام کِیا تھا۔ صدارت پروفیسر اعجاز صاحب کو کرنی تھی۔ انھوں نے مجھے بھی ساتھ چلنے کا کہا۔۔۔ مَیں

فارغ تھی اِس لیے ساتھ چلی گئی۔

جب خطبۂ صدارت کا وقت آیا تو وہ کچھ زیادہ ہی جذباتی ہو گئے اور نہ چاہتے بھی انجانے میں سُرخ لائن عبور کر گئے۔۔۔انھوں نے تقریر کرتے ہُوئے کہا کہ حکومت کی کمزوری اور غیر جمہوری رویّے کی وجہ سے دہشت گردی کے عفریت نے معاشرے کے جِسم میں اپنے پنجے مضبوطی سے گاڑ دیے ہیں۔ معاشرے میں پائی جانے والی نا اِنصافی، عدم رواداری، تنگ نظری اور عدم برداشت سے دہشت گردی کے واقعات بڑھتے جا رہے ہیں۔اِنسانی جانیں رزقِ خاک ہو رہی ہیں۔ مگر حکومت کو کوئی فکر نہیں ہے بلکہ عوام کو زبانی جمع خرچ کی طفیل تسلیوں کے لیے اعلیٰ حکام تواتر کے ساتھ دعویٰ کرتے ہیں کہ ہم نے دہشت گردی کی کمر توڑ دی ہے۔ لیکن دوسرے ہی دِن دہشت گرد ٹوٹی ہُوئی کمر کے ساتھ پہلے سے زیادہ بڑی دہشت گردی کی واردات کے طمانچے کا نِشان حکومت کے چہرے پر ثبت کر دیتے ہیں۔اور نِشانہ کوئی بچوں کا سکول، کوئی مسجد، کوئی گرجا گھر، کوئی پولیس چوکی یا سکیورٹی اہلکاروں کا کوئی ناکہ یا کھیلتے بچوں سے بھرا پارک۔۔۔اور حکومت تماشائی بنی ایک اور بیان داغ دیتی ہے۔ یا شہید ہونے والے لوگوں کے ورثہ کے لیے اِمدادی رقم کا اعلان کر دیتی ہے اور سمجھتی ہے کہ اُس کا فرض ادا ہو گیا۔اِس تنقید پر ہال میں تالیاں بجتی رہیں۔اور پروفیسر صاحب جوش سے بولتے رہے کہ حکومت کی پالیسیاں واضح نہیں بلکہ دوغلی ہیں۔ مُلک میں جگہ جگہ مذہبی شِدت پسندی کی نرسریاں پرورش پا رہی ہیں۔ فرقہ واریت اور اِنتہا پسندی کی آگ بھڑک رہی ہے۔ کئی لوگ مذہبی جوشِ جذبات میں آگ و خون کے اِس کھیل میں چار دہائیوں سے اپنی ہی تباہی کا باعث بن رہے ہیں اور روکنے والا کوئی نہیں۔ مختلف جگہوں پر دہشت گردوں کے سہولت کار بیٹھے ہُوئے ہیں مگر اُن کی طرف کوئی نہیں دیکھتا۔۔۔ حکومت نا اہل لوگوں کا ٹولہ ہے جِس کو عوام

سے کوئی ہمدردی نہیں۔ وہ اپنی جیبیں بھر رہے ہیں۔۔۔تقریر ختم ہُوئی تو لوگوں نے زبردست جوش و خروش دِکھایا۔۔۔اور پروفیسر کو دوسرے کمرے میں چائے کے لیے لے گئے۔۔۔جہاں اور بھی بہت سے لوگ موجود تھے۔کئی لوگوں نے پروفیسر صاحب کو مبارکباد دی کہ بہت اچھی تقریر کی ہے۔ حکومت کا اصلی چہرہ عوام کو

دِکھایا ہے۔۔وہ بھی بہت خوش تھے کہ جو بات دِل میں تھی زبان پر لے آئے۔

مَیں نے دیکھا کہ دو اجنبی اجنبی سے آدمی پروفیسر صاحب کے پاس کھڑے ہیں۔ مجھے اُن کی حرکات مشکوک سی لگِیں۔شاید ہماری باتیں

ریکارڈ کر رہے تھے۔ پھِر ایک شخص نے سرگوشی کی۔۔۔پروفیسر صاحب آج اچھا نہیں ہُوا۔۔۔

کیا اچھا نہیں ہُوا۔۔؟ پروفیسر صاحب نے اُونچی آواز میں کہا۔۔۔آپ کون ہیں۔۔۔؟ آپ سے تعارف نہیں ہُوا۔ تعارف کو چھوڑیں جی۔۔۔ اب ملاقاتیں ہوتی رہیں گی۔۔۔کئی لوگ اُس کی طرف متوجہ ہُوئے مگر وہ یہ کہتے ہُوئے کمرے سے نکل گیا۔۔۔

کون تھا یہ۔۔۔؟ کئی آوازیں ہوا میں تیرنے لگیں۔۔۔ہوگا کوئی حساس اِدارے کا بندہ۔۔۔

اعجاز صاحب کے چہرے پر پریشانی کا ایک سایہ لہرایا لیکن وہ جلد پر سکون ہوگئے۔ مگر مَیں فکر اور پریشانی کے اندھیرے کنوئیں میں اُترتی چلی گئی۔

چائے ختم ہو گئی مگر گفتگو کا سلسلہ ابھی جاری تھا۔ مَیں نے گھڑی دیکھی اور کہا کہ چلیں۔۔۔انھوں نے کہا کہ آپ چلو۔۔۔مَیں دوستوں کے ساتھ گپ شپ کے بعد آتا ہُوں۔۔۔

اچھا مَیں چلتی ہُوں۔۔۔ آپ بھی جلد آجانا اور گھر پہنچ کر اِطلاع کر دینا۔۔۔

خُدا حافظ۔۔۔ انھوں نے مسکراتے ہُوئے کہا لیکن مجھے آواز کِسی گہری غار سے آتی محسوس ہُوئی۔ مَیں بھی خُدا حافظ کہتے ہُوئے کمرے سے نکل آئی۔۔

باقی لوگ بھی اپنے اپنے گھروں کے لیے روانہ ہو رہے تھے۔ سب سے آخر میں پروفیسر صاحب اپنے دوست کے ساتھ باہر نکلے اور اپنی گاڑی کی طرف بڑھنے لگے۔۔۔ مگر وہ نہ اپنی گاڑی تک پہنچ سکے اور نہ ہی آج تک گھر پہنچے ہیں۔۔۔ دوسرے دِن اُن کے دوست نے کالج آکر بتایا کہ جب ہم جُدا ہو کر اپنی اپنی گاڑی کی طرف بڑھے اور مَیں اپنی گاڑی کے قریب پہنچا تو ایک تیز رفتار گاڑی کی پوری قوت سے بریک لگنے کی آواز پر مَیں نے مڑ کر دیکھا کہ چار

نقاب پوش لوگوں نے پروفیسر صاحب کو اپنی گاری میں ڈالا اور رات کے اندھیرے میں گم ہوگئے۔۔۔ مَیں دیکھتا ہی رہ گیا۔

اگلے دِن اُن کے کئی دوست اور گھر والے پولیس اسٹیشن گئے مگر ایف آئی آر درج نہ ہو سکی۔ ہم تو آج تک اُن کی تلاش میں دربدر کی ٹھوکریں کھا رہے ہیں۔۔۔ خُدا کرے وہ خیریت سے ہوں۔ اور اپنے گھر واپس آجائیں۔۔۔ مَیں خاموشی سے اُن کی باتیں سُن رہا تھا۔ ہمیں وقت کا احساس بھی نہ ہُوا۔۔۔ اچانک ایک لڑکی سٹاف روم میں داخل ہُوئی اور میڈم سے پوچھا کہ آپ کلاس۔۔۔ چلو مَیں آرہی ہُوں۔۔۔ میڈم نے اُس کی بات کاٹ دی۔ پھِر خاموشی سے اپنا بیگ اُٹھا کر کلاس روم کی طرف چل دِیں۔

مَیں دیر تک بیٹھا سوچتا رہا کہ اُس نے کِس اُمید پر اپنے آج کے زخم زخم بدن کو اِنتظار کی صلیب پر لٹکا رکھا ہے۔ لاپتہ ہونے والوں کے قریبی عزیزوں کو تو مَیں نے اِنتظار کا عذاب جھیلتے ہُوئے دیکھا ہے۔ کبھی کبھی تو ایسا بھی ہوتا ہے کہ بہت دباؤ کی صورت میں

لاپتہ شخص کی لاش کسی ویران سڑک کے کنارے پڑی مِل جاتی ہے۔ مَیں اپنے پرانے محلے میں رہنے والے ماسٹر لعل دِین کو جانتا ہُوں جِن کا جوان بیٹا بھی لاپتہ ہو گیا تھا۔ جو کہ کالج میں پڑھاتا تھا۔ اخبارات میں حالاتِ حاضرہ پر سیاسی اور سماجی مسائل پر مضامین لکھتا تھا۔ بہت سے لوگ اُن کے مضامین کو پسند کرتے تھے مگر کئی حلقے اُس کے بیباک تبصروں کو پسند کی نظر سے نہیں دیکھتے تھے۔ چند دِن ہُوئے مَیں اپنے ایک عزیز کو مِلنے پرانے محلے میں گیا۔ اپنے عزیز کی رہائش والی گلی تک پہنچا تو گلی کے موڑ پر ماسٹر لعل دین مِل گیا۔ وقت کی مار کھاتے کھاتے اپنے لاپتہ بیٹے کے اِنتظار میں بڑھاپے کی دہلیز پر آ کھڑا ہُوا تھا۔ دُکھ کی بھاری گٹھری نے اُس کی کمر دوہری کر دی ہے اور وہ بڑی مشکل سے لاٹھی کے سہارے چلتا ہے۔ اُس نے بھی بیٹے کو گلی گلی شہر شہر ہر ممکن جگہ پر ڈھونڈا مگر ناکام رہا۔ ہر اِدارے کے دروازے پر دستک دیتا بھٹک رہا ہے۔ غربت اور مایوسی نے مستقل طور پر اُس کے گھر میں ڈیرے ڈال لیے ہیں۔ مگر وہ اب بھی گلی میں مِلنے والے ہر آدمی کے پاس رُک کر اپنی موتیئے سے دھندلائی آنکھوں پر ہاتھ رکھ کر اُسے غور سے دیکھتا ہے۔ پھِر مایوسی سے سر ہِلا دیتا ہے۔ وہ ہر بندے میں اپنے بیٹے کو تلاش کرتا پھِر رہا ہے۔ کئی لوگ اُسے پاگل کہتے ہیں۔ وہ میرے پاس بھی آ کر رُک گیا۔۔۔ مجھے اُس سے ہمدردی ہونے لگی۔ مَیں اُسے تسلی دینے کے لیے اُس سے باتیں کرنے لگا۔۔۔ مَیں نے ماسٹر صاحب سے پوچھا کہ بیٹے کا حُلیہ تو بتاؤ۔۔۔ اُس نے جیب سے بہت ہی پرانا تہہ شُدہ اخباری تراشا دِکھایا۔۔۔

"پروفیسر اعجاز"۔۔۔ تصویر دیکھ کر مجھے ۴۴۰ وولٹ کا جھٹکا لگا۔۔۔ مگر جلد سنبھل گیا اور کہا،

ماسٹر جی اپنے بیٹے کے بارے میں کچھ اور بھی بتائیں۔۔۔

اُس نے دھندلائی، گدلائی آنکھوں سے مجھے غور سے دیکھا پھِر جیسے خود سے باتیں کرنے لگا۔ وہ میرا اکلوتا لڑکا ہے۔ مَیں نے بہت محنت سے اُسے پڑھایا لکھایا۔ پھِر وہ پروفیسر بن گیا۔۔۔اور میری پہنچ سے باہر ہوگیا۔۔۔اُس کی اُڈیکن ہار ماں کی آنکھوں میں اُڈیک۔۔۔اِنتظار کے پھانسی گھاٹ پر دھری لاش۔۔۔گھر کی دہلیز پر بیٹھی بیٹھی قبر میں اُتر گئی۔۔۔اور اُسکی بیوی اور بچہ۔۔۔اُس کی آنکھیں پُرنم ہو گئیں۔۔۔اُس سے بڑھ کر میرے لیے سننے کی کوئی حاجت نہ رہی۔ مَیں تیزی سے آگے بڑھ گیا۔۔۔ حقیقت کی تیز آندھی نے مجھے پریشانی کے اندھیرے میں دھکیل دِیا۔۔۔ مَیں میڈم بُخاری کے لیے بہت پریشان ہوگیا کہ وہ کِس سراب کے پیچھے بھاگ رہی ہیں۔ پتہ نہیں انھیں پروفیسر اعجاز کی بیوی اور بچے کے بارے میں عِلم بھی ہے یا نہیں۔۔۔اگر نہیں تو یہ بہت بڑی زیادتی ہے۔ سر اعجاز کو ایسا نہیں کرنا چاہیے تھا۔۔۔مجھے میڈم بُخاری سے شدید ہمدردی ہونے لگی کہ سر اعجاز اُسے دھوکا دے رہے تھے۔ کالج میں کئی دِن تک میڈم سے ملاقات نہ ہُوئی، مَیں اُن سے مِلنے کی خواہش کا گلا گھونٹ کر خود ہی سوچتا رہتا کہ اُن سے مِلوں گا تو کیا کہوں گا۔۔۔

اگرچہ یہ اُن دونوں کا بالکل ذاتی مسئلہ ہے مگر اِس مسئلے نے میرے ذہن میں ہلچل مچا دی۔ پہلے پہل وہ میرے ذہن کے ایک گوشے میں خاموش بیٹھی رہتی۔۔۔وہ مجھے بہت اچھی بھی لگتی ہیں اور اُن کے ہاتھ تو۔۔۔میری کمزوری بن چکے ہیں مگر جیسے جیسے دن گزر رہے ہیں مَیں نے محسوس کِیا کہ اُس کی یاد نے میرے ذہن کے آنگن میں اپنے پاؤں پھیلانے شروع کر دیے ہیں اور آزادی سے گھوم رہی ہے۔۔۔وقت کے گزرتے لمحوں کے ساتھ اُس کی یاد میرے شعور کے خانے میں سرگوشیاں کرتے ہُوئے ذہن کی دیواروں پر خراشیں ڈالنے لگی ہے۔ کئی دِن اِسی کشمکش میں گزر گئے۔ تب ایک دِن

میرے قدم خود بخود نفسیات کے لیکچر ہال کی طرف اُٹھ گئے۔۔۔ وہ بڑی توجہ سے لیکچر دے رہی تھیں۔ ہال میں مکمل خاموشی کا راج تھا سِوائے میڈم بُخاری کی آواز کے۔۔۔ مَیں خاموش بیٹھا اُن کو مسلسل دیکھے جا رہا تھا۔۔۔ ذہن اُلجھا ہُوا۔۔۔ مجھے کچھ سمجھ نہ آیا کہ وہ کیا بول رہی ہیں اور مَیں کیا سُن رہا ہُوں۔۔۔

صِرف ایک خیال۔۔۔ کہ میڈم خود سے زیادتی کر رہی ہیں۔ مَیں کیسے بتاؤں کہ مَیں اُن کے لیے کِتنا پریشان ہُوں۔۔۔ مجھے پتہ ہی نہ چلا کہ کب پیریڈ کا وقت ختم ہو گیا۔ طلبہ و طالبات کلاس روم سے نکل رہے تھے۔ مَیں ہمیشہ سب سے آخر میں ہال سے نکلتا تھا۔۔۔ ابھی مَیں اُٹھ کر دروازے کی طرف بڑھا

ہی تھا کہ ایک لڑکی میرے پاس آئی اور کہنے لگی۔۔۔

سر۔۔! میڈم نے آپ کو اپنے آفس میں بُلایا ہے۔

ٹھیک ہے۔۔۔ مَیں مِل لیتا ہُوں۔ مَیں نے لڑکی کو جواب دِیا تو وہ جلدی سے اپنی سہیلیوں کی طرف چلی گئی۔ مَیں پریشان تھا اور خوفزدہ بھی۔۔۔ پتہ نہیں میڈم کیا بات کرنا چاہتی ہیں۔ یہ سوچتے ہُوئے مَیں اُن کے آفس میں پہنچ گیا۔ وہ کھڑکی کے پاس کھڑی باہر اُڑتے پرندوں کو دیکھ رہی تھیں۔ اُن کے لمبے سیاہ گھنے بال کمر سے نیچے گھٹنوں تک آرہے تھے۔ اُسے اِس طرح کھڑے دیکھ کر مجھے بالکل ایسے لگا جیسے کھڑکی سے میری رات کی دُنیا اُتر آئی ہے۔ مَیں

چند لمحے اُسی خواب میں کھو گیا۔۔۔ پھِر اپنی ڈائری کو میز پر رکھا تو اُس آواز سے چونک کر انھوں نے مڑ کر مجھے دیکھا۔

پرندے آزاد فضاؤں میں اُڑتے ہُوئے کتنے اچھے لگتے ہیں۔ کِتنا ظالم ہے وہ شخص جِس نے پنجرہ بنایا ہے۔

جی۔۔۔ مَیں اور کچھ نہ کہہ سکا۔

آؤ بیٹھو۔۔۔ خیریت ہے! اِتنے دِن کہاں رہے۔۔۔ اُس نے کُرسی پر بیٹھتے ہُوئے کہا۔

خیریت ہی تھی میم۔۔۔ مَیں نے آہستہ سے جواب دِیا۔

تُمھیں یاد ہے کہ اعجاز کو گئے آج پورے پانچ سال تین مہینے اور سات دِن ہو چکے ہیں۔۔!

نہیں میم مجھے یاد نہیں۔۔۔ کیوں کہ یہ واقعہ میرے کالج جوائن کرنے سے پہلے کا ہے۔ مَیں نے خشک لہجے میں جواب دِیا مگر نہ چاہتے ہُوئے بھی میری نظریں میڈم کے ہاتھوں پر مرکوز ہو گئیں۔ مَیں اپنی ہِمت کو یکجا کرتا رہا تاکہ میڈم سے بات کر سکوں۔

دراصل آج اعجاز کا برتھ ڈے ہے۔۔۔ میڈم نے چہرے پر مسکراہٹ کا نقاب اوڑھ لِیا اور بولی کہ مَیں نے سوچا کہ تُم میرے دوست ہو۔۔۔ ہم مِل کر اعجاز کا برتھ ڈے Celebrate کرتے ہیں۔ مَیں نے کیک اور چائے منگوائی ہے۔

مجھے میڈم پر ترس آرہا تھا کہ وہ کِتنی چاہت سے اب تک اُس کو یاد کر رہی ہیں۔۔۔ اور وہ جھوٹا۔۔۔ دھوکا باز۔۔۔ اُس نے شاید میڈم کو بتایا بھی نہیں کہ اُسکے بیوی بچے ہیں۔۔۔ میری پروفیسر اعجاز کے لیے ساری ہمدردیوں کے غبارے ہوا میں پھٹ گئے۔ اُس کے بار بار ذِکر سے مجھے کوفت ہو رہی تھی۔

میرے اندر حسد کی آگ بھڑک اُٹھی۔۔۔ مَیں نے سوچا کہ میڈم کو اعجاز کی حقیقت بتا ہی دینی چاہیے۔ خاموشی کا وقفہ طویل ہُوا تو مَیں نے ہِمت کر کے میڈم سے پوچھا،

میم ایک بات پوچھوں آپ ناراض تو نہیں ہوں گی۔۔؟

یہ تو بات سُن کر بتاؤں گی کہ ناراض ہونا ہے یا نہیں۔۔۔ تُم کہو بات کیا ہے۔۔۔

میم۔۔! کیا کبھی پروفیسر اعجاز صاحب نے شادی کی بات۔۔۔ فقرہ ابھی میرے مُنہ کے دروازے پر ہی تھا کہ نائب قاصد چائے اور کیک لے کر کمرے میں داخل ہو گیا۔۔۔ مَیں خاموش ہو گیا۔ اُس نے میز پر چائے اور کیک رکھ کر پوچھا میڈم کچھ اور۔۔۔

نہیں۔۔۔ رشید۔ تُم جاؤ۔۔۔ برتن بعد میں لے جانا۔ اُس کے جانے کے بعد انھوں نے خود ہی بات شروع کر دی۔

منصور! بات یہ ہے کہ ہم اچھے دوست تھے۔ ایک دوسرے کو پسند بھی کرتے تھے مگر شادی کی بات کی نوبت ہی نہ آئی کہ یہ حادثہ ہو گیا۔ چلو اب اُداسی کی باتیں بند۔۔۔ خوشی کا موقع ہے تُم کیک کاٹو ورنہ چائے ٹھنڈی ہو جائے گی۔۔۔ مَیں خاموشی سے کیک کاٹنے لگا اور انھوں نے چائے بنائی۔ پِھر مَیں نے کیک پیس میڈم کو کِھلایا۔۔۔ اور چائے کا کپ لے کر کُرسی پر بیٹھ گیا۔ میرے اندر کا اضطراب سب کچھ کہنے پر مجبور کر رہا تھا۔ مَیں چائے کا گھونٹ لے کر پِھر بولنے لگا۔

میم جی! مَیں آپ کے لیے بہت پریشان ہُوں۔

ہاں مَیں۔۔۔ جانتی ہُوں۔۔۔ مَیں تمھاری کیفیت کو سمجھتی ہُوں۔ تمھاری ہمدردی کا شکریہ۔۔۔ بات صِرف ہمدردی کی نہیں ہے۔

تو پِھر کیا بات ہے۔۔۔ انجان بنتے ہُوئے انھوں نے سوال میری طرف اُچھال دِیا۔

ہم اچھے دوست ہیں۔۔۔ مجھے آپ کے ہاتھ بہت اچھے لگتے ہیں مگر چھُو نہیں سکتا۔۔۔ شام ہوتے ہی میرے اندر ایک نئی دُنیا آباد ہو جاتی ہے۔ جِس

میں چاروں طرف صِرف آپ ہی آپ ہوتی ہیں۔۔ مَیں نظریں جھکائے ایک ہی سانس میں اپنے دِل کی بات کو زبان پر لے آیا۔

منصور۔۔۔ تُم اپنی حد سے تجاوز کر رہے ہو۔۔۔ مَیں اگر تُم سے بات کر لیتی ہُوں تو اِس کا یہ مطلب نہیں کہ تُم خود ہی خوابوں کی دُنیا آباد کر لو۔۔۔ تمھارا دماغ خراب ہو گیا ہے۔۔۔ میرا مشورہ ہے کہ تُم بہت جلد کِسی اچھے ماہر نفسیات سے مِلو۔۔۔ اور ہاں پھِر مجھے ضرور بتانا کہ اُس نے کیا کہا ہے۔۔۔ اب تُم جاؤ۔ تمھاری کلاس کا وقت ہو رہا ہے۔۔۔ غصے سے بھری ہُوئی شیرنی اپنی کچھار سے باہر نکل آئی۔۔۔ مَیں شرمندہ سا سر جھکائے کمرے سے باہر نکل آیا۔ تیز و تُند طوفانی ہواؤں نے میرے ذہن میں اُگے ہُوئے اُس کی یادوں کے درخت جڑ سے اُکھاڑ دیئے۔۔۔ مَیں اندر سے ٹوٹ کر بکھر رہا ہُوں۔۔

مَیں اپنے کمرے میں آیا اور نیند کی گولی لے کر سو گیا۔۔۔ نیند کے گہرے سمندر میں ڈوب ڈوب کر اُبھرتا اور اُبھر اُبھر کر ڈوبتا رہا۔۔۔ میری رات کی رنگین

دُنیا بھی تاریکی میں ڈوبی رہی ہے۔

نہ وہ لڑکی۔۔۔نہ گھر۔۔۔نہ بستی۔۔۔نہ خواب۔۔۔نہ میڈم۔۔۔مایوسی ہی مایوسی۔

دوسرے دِن جب آنکھ کھلی تو دیکھا کہ دس بج چکے ہیں۔ پرنسپل کی طرف سے دو پیغام آچکے تھے کہ اُن کو مِلیں۔۔۔ مَیں خوفزدہ ہو گیا، کہیں میڈم بُخاری نے رپورٹ تو نہیں کر دی کہ مَیں نے انھیں ہراساں کِیا ہے۔ مجھے اپنی نوکری کی فکر ہونے لگی۔۔۔ جلدی جلدی تیار ہو کر کالج پہنچا اور ڈرتے ڈرتے پرنسپل صاحب کے کمرے میں قدم رکھا تو میڈم بُخاری کو وہاں دیکھ کر یکدم ذہن میں زبردست دھماکہ ہُوا۔ پیروں کے نیچے زمین لرز اُٹھی۔ ہر چیز گھومتی ہُوئی نظر آئی اور مَیں گرتے گرتے سنبھلا۔

آیئے منصور صاحب! بیٹھیں۔۔۔ آپ کی ایک رپورٹ آئی ہے۔۔۔ یہ کہتے ہُوئے انھوں نے میڈم بُخاری کی طرف دیکھا۔۔۔ میری پیشانی پر پسینے کے قطرے نمودار ہُوئے، دِل زور سے دھڑکنے لگا بڑی مشکل سے زبان نے ساتھ دِیا اور مَیں شرمندگی کے احساس کے ساتھ کہنے لگا۔

نہیں سر۔۔۔ایسی کوئی بات نہیں ہے۔ دراصل یہ غلط فہمی۔۔۔ میڈم نے مسکراتے ہُوئے میری طرف دیکھا، کیا بات کر رہے ہو۔۔۔ انھوں نے میری بات کاٹ دی۔۔۔ لگتا ہے رات اچھی طرح سوئے نہیں۔

دراصل کمیٹی نے رپورٹ دی کہ اِس بار H.E.C کی کانفرنس میں میڈم بُخاری کے ساتھ آپ بھی کالج کی نمائندگی کریں گے۔۔۔ اگلے مہینے کانفرنس منعقد ہو گی، اب تیاری کریں۔ پروگرام آپ کو مِل جائے گا۔۔۔ خوشی کی اِس خبر کے لیے میری سماعت تیار ہی نہیں تھی۔ مگر اچانک مسکراہٹ چہرے پر آ گئی۔۔۔ مَیں نے میڈم بُخاری کی طرف دیکھا، مجھے محسوس ہُوا کہ وہ میری کیفیت کو Enjoy کر رہی تھیں۔۔۔ اور پھِر مَیں باہر آنے کے لیے اُٹھا تو میڈم بُخاری بھی اُٹھ کھڑی ہُوئیں۔ آفس سے نکلا، خُدا کا شکر ادا کِیا کہ میڈم نے میری شکایت نہیں کی بلکہ اگلے ماہ مجھے اُن کے ساتھ اِسلام آباد جانا ہو گا۔ مَیں نے ابھی قدم اُٹھایا ہی تھا کہ میڈم بھی آ گئیں۔

منصور! تمھیں پتہ ہے کہ تُم نے ماہر نفسیات کو مِلنا ہے۔۔۔ اور جلدی سے واپس آفس کی طرف مڑ گئیں۔

جی میم۔۔۔! مَیں آپ کی بات کو ٹال تو نہیں سکتا۔۔۔ اور یُوں اگلی شام کو ماہر نفسیات سے وقت لِیا اور پورا ایک گھنٹہ اُس کے ساتھ گزارنا پڑا۔

ماہر نفسیات میز کی دوسری طرف بیٹھا غور سے میری باتیں سُن رہا تھا۔

مَیں نے اُسے بتایا کہ مَیں اُردو زبان کا لیکچرار ہُوں مگر اپنے شوق کی وجہ سے مَیں نے نفسیات کی بھی بہت سی کتابوں کا مطالعہ کِیا ہے اور اب اُس میں اِتنا ڈوب گیا ہُوں کہ بڑے بڑے نفسیاتی مسائل کے علاوہ روز مرہ کے عام سے کاموں میں بھی نفسیات کے زرد زرد سائے میری آنکھوں کے سامنے لہرانے لگتے ہیں۔ شام کے وقت سرمئی پہاڑوں کے پیچھے ڈوبتے ہُوئے سورج کے ساتھ ہی میرے اندر کی تمام پرچھائیاں باہر نکل آتی ہیں اور میرے گرد ایک نئی دُنیا جنم لے لیتی ہے۔ اِنسان کی طرح کائنات بھی ظاہر اور باطن میں بٹی ہُوئی ہے۔ اِنسان اور کائنات ایسی عمارات کی طرح ہیں جِن کا جِسم بھی ہے رُوح بھی۔۔۔ رُوح کے باطن کا احاطہ ادراک لامحدود ہے۔ رُوح کے اسرار سمجھنے کے لیے من کے اندر جھانکنے کے لیے تیسری آنکھ کو وسیلہ بنانا پڑتا ہے۔ اور مَیں سوچتا رہتا ہُوں کہ اُس تیسری آنکھ تک کیسے پہنچا جائے۔

مگر آپ یہ بتائیں کہ آپ کا اصل مسئلہ کیا ہے۔۔؟ کونسی چیزیں یا باتیں یا سوچیں تُمہیں Haunt کرتی ہیں؟ آپ اِس کاغذ پر لکھتے جائیں۔۔۔ ڈاکٹر نے ایک کاغذ میری طرف بڑھایا اور خود ایک موٹی سی کتاب کھول کر پڑھنے لگا۔ مجھے ڈاکٹر پر غصہ آیا مگر برداشت کر گیا اور پھِر ڈاکٹر کو بتانے لگا کہ وہ ہر وقت میرے ساتھ ساتھ رہتی ہے بلکہ میرے اندر میرے رُوح میں بسی ہُوئی ہے۔ مَیں تیسری آنکھ کے ذریعے اُس کی رُوح کے اندر جھانک کر دیکھنا چاہتا ہُوں، آخر وہ کیا چاہتی ہے۔

میرا مسئلہ یہ نہیں ہے کہ وہ عُمر میں مجھ سے بڑی ہے بلکہ یہ ہے کہ مَیں آج تک اُس کی صورت کِسی کو دِکھا نہیں سکا حال آں کہ مجھے یقین ہے کہ وہ ہر وقت میرے اندر موجود ہوتی ہے۔ اُس کا کوئی نام بھی نہیں ہے اور میری اُس سے ملاقات بھی رات کے پچھلے پہر خوابیدہ ماحول میں ہوتی ہے۔ جِس کا کوئی ثبوت موجود نہیں ہے۔ کیوں کہ دِن کی روشنی میں

مجھے لگتا ہے کہ وہ اپنی جگہ پر موجود نہیں ہے۔ اور مَیں اپنے آپ کو خالی خالی محسوس کرتا ہُوں۔ تب ایک حیرت ناک خوف کا عفریت مجھے خوفزدہ کرتا رہتا ہے۔

اُس کے ناموجود ہونے کا خوف۔۔۔ میرے وجود میں آبستا ہے۔ اُس بے شکل خوف کا کوئی نام بھی نہیں ہے۔ بس وہ ایک خوف ہے جو دِل کی شریانوں میں بہتا رہتا ہے اور اب تو اُس نے دِل سے دماغ کی طرف یلغار شروع کر دی ہے۔ اُسکے ساتھ ہی میرے وجود کی بستی میں کئی چھوٹے چھوٹے خوفوں نے بھی بغاوت کا علم تھام لِیا ہے۔۔۔ چند مہینوں میں ہی اُن باغیوں نے میرے چہرے سے تازگی کی ہریالی چھین لی ہے۔ اور میرے چہرے کا رنگ زردی مائل ہو گیا ہے۔ نیند میں جِسم کی عمارت لرزنے لگتی ہے۔ ہاتھ، پاؤں، سر، دِل، دماغ سب اِس بغاوت کی زد میں آ گئے ہیں۔ میرا سکون برباد ہو چکا ہے۔ مَیں یہاں سے کیسے نکلوں۔ اپنے اپٹوپیا سے باہر کیسے آؤں۔۔۔ مَیں رُک کر ڈاکٹر کی طرف دیکھنے لگا۔

ایک بات یاد رکھیں۔۔۔ ڈاکٹر نے میز پر پڑا ہُوا کاغذ اپنے ہاتھوں میں لیتے ہُوئے کہا جب تک آپ اپنے ذہن کا دروازہ نہیں کھولیں گے میرا عِلم باہر ہی کھڑا رہے گا۔ لیکن ایک بات کا مکمل یقین رکھیں کہ آپ ایک پڑھے لکھے ذہین شخص ہیں۔ لیکن سیکھتا وہ ہے جو سیکھنے کی خواہش رکھتا ہو۔ تمھارے اندر بسنے والی دُنیا بہت خوب صورت ہے۔ آپ اُس کو مکمل طور پر دریافت کرنا چاہتے ہیں۔ مگر تمھارا ذہن صاف نہیں۔۔۔ وہاں شک و شبہ کی بڑی بڑی گھنی گھاس اُگ چکی ہے۔۔۔ آپ خوفزدہ رہتے ہو کیوں کہ سامنے کوئی واضح شکل نہیں۔۔۔ کوئی نام نہیں۔۔۔ ایسے حالات میں آپ نے کہیں نہ کہیں تو پڑھا ہو گا کہ ہم اِس کیفیت کو Disorder OBESSESSION COMPULSIVE کا نام دے سکتے ہیں۔

ہاں یہ تو ٹھیک ہے مگر بیمار نہیں ہُوں۔۔۔اِس کے باوجود جو اپنے اندر دیکھ لیتا ہُوں وہ آپ نہیں دیکھ سکتے۔ جو مَیں سُن سکتا ہُوں وہ آپ نہیں سُن سکتے۔ مَیں نے ڈاکٹر کو قائل کرنے کی کوشش کی۔ اچھا یہ بتاؤ کیا آپ مجھے اُس بستی میں لے جا سکتے ہو جہاں وہ لڑکی تُمھیں پلنگ پر لیٹی ملِتی ہے۔۔۔ڈاکٹر نے کہا۔ نہیں ایسا ممکن نہیں ہے۔ وہ ناراض ہو جائے گی۔۔۔اور مَیں اُسکی ناراضی برداشت نہیں کر سکتا۔ ہو سکتا ہے کہ بستی والے ناراض ہو کر ہمیں واپس ہی نہ آنے دیں۔

مَیں سمجھ گیا کہ آپ کا مسئلہ کیا ہے۔۔۔ماہر نفسیات نے موٹی سی کتاب بند کی۔ ایک لمحہ کو رُکا پھِر کہنے لگا اِس زمین پر دُکھ بہت ہیں اور اُن دُکھوں میں ہی زِندگی کے اسرار پوشیدہ ہیں۔ دراصل تمھارے اندر ایک تشنگی کا دریا بہہ رہا ہے جِس نے تمھارے اندر کی ساری نمی کو چوس کر اِسے ایک صحرا میں بدل دِیا ہے۔ جہاں ہر وقت ریت کے اُڑتے بگولے اپنی جگہ بدلتے اور ہر وقت ایک بہت بڑے خلا کو جنم دیتے رہتے ہیں۔ اور اگر یہ خلا بھر نہ پایا تو مجھے ڈر ہے کہ تُم ہمیشہ ڈپریشن اور اینگزائٹی کا شکار رہو گے۔ اور سب سے کٹ کر تنہا رہ جاؤ گے۔ تُمھیں ایک مستقل ساتھی کی ضرورت ہے، ایسے ساتھی کی۔۔۔جِس کی رُوح کی کیمسٹری تمھاری رُوح کی کیمسٹری سے ملِتی ہو۔۔۔اب ذرا غور سے سُنو ڈاکٹر نے مجھے دوبارہ متوجہ کِیا، اگر یہ دونوں رُوحیں مِل گئیں تو تمھارے اندر کا خلا بھر جائے گا اور تُم مکمل ہو جاؤ گے۔ پھِر بڑے سکون سے ایک مکمل زِندگی گزارو گے۔۔۔اُس کے نام کے ساتھ۔۔۔ اُسکی یاد میں۔۔۔لیکن مجھے یہ معلوم نہیں کہ وہ تمھارے مقدر میں ہے بھی کہ نہیں۔۔۔

ڈاکٹر صاحب۔۔! آپ کا تجربہ کیا کہتا ہے۔۔۔اُس کی کوئی نشانی۔۔۔مَیں اُسے کیسے قائل کروں گا۔

جب تُم اُسے مِلو گے تو تمھارے دِل میں آتشِ عِشق بھڑک اُٹھے گی۔ تمھارا دِل جلنے لگے گا۔۔۔اور یہ آگ اُس کے دِل میں بھی لگ جائے گی۔ تب تُم دونوں اُس آگ میں جل جاؤ گے۔۔۔اُس کے جِسم و جاں سے پھوٹنے والے چشمے تمھارے اندر جذب ہو کر تمھارا خلا بھر دیں گے۔۔۔اور پھر یُوں ہو سکتا کہ جب تک تُم اُسے چھُو نہ لو گے تمھاری آنکھ نہ کھلے گی۔ جب تک تُم اُسے دیکھ نہ لو گے تمھارا سورج طلوع نہ ہو گا۔

اُس سے جُدائی کا خوف تمھاری آنکھوں میں آنسو بھر دے گا۔۔۔یہ آنسو کہاں سے آئیں گے۔ تمھیں خود بھی معلوم نہیں ہو گا۔۔۔ تمھارے قدم اُس زمین پر ہونگے جہاں ہر کام کے ثبوت موجود ہوں گے۔ یہ کہتے کہتے ڈاکٹر خلاؤں میں گھورنے لگا۔

کمرے میں زرد دھوئیں کی لہریں تیرنے لگیں۔ مَیں نے دیکھا کہ ڈاکٹر کی کرسی کے پیچھے دیوار پر آویزاں قد آور آئینے میں میڈم بُخاری کا سایہ اُبھرنے لگا ہے۔۔۔مَیں نے اُٹھ کر اپنا ہاتھ بڑھایا تو میڈم بُخاری نے مسکراتے ہُوئے میرا ہاتھ تھام لِیا اور ہم دونوں کے سائے آئینے کی آنکھوں میں تحلیل ہو گئے۔۔۔ مَیں نے آنکھوں کو مسل کر دوبارہ دیکھا تو میڈم بُخاری ڈاکٹر کی کرسی پر بیٹھی ہُوئی۔۔۔ نظر آئیں۔۔۔ مگر کمرے میں میرے سِوا کوئی بھی نہیں ہے۔۔۔دروازہ بند پڑا ہے اور باہر گلی میں سناٹا زرد چاندنی کی چادر اوڑھے گہری نیند سو رہا ہے۔

Ref.: caarwan.com

***

چیخ

اعجاز احمد فکرال

سارہ کا تعلق آرتھوڈوکس فیملی سے تھا۔ آج ڈیوٹی سے فارغ ہو کر اس نے گھر جانے کے لیے اپنے چھوٹے بھائی کو ٹیلی فون کر کے بلا لیا تھا۔ کڑاکے کی سردی تھی۔ رات کے اندھیرے میں کوری دھند چھا رہی تھی۔ وہ شادمان چوک میں بھائی کے ساتھ کھڑی کسی سواری کا انتظار کر رہی تھی۔

کچھ دنوں سے پاشا اور اس کے دوستوں کے دماغوں میں بلیو فلمیں دیکھنے کی وجہ سے نسوانی قرب کا بھوسہ بھر چکا تھا۔ پاشا گناہ کا پرانا کھلاڑی تھا۔ اس نے اپنے جوئے کی شرط ہارنے کی بنا پر اپنے دوستوں کو عیش کروانے کا وعدہ کر رکھا تھا۔ سب گاڑی میں سوار دھند سے لطف اندوز ہو رہے تھے۔ ان کا اِدھر سے گزر ہوا تو سارہ کو دیکھ کر طبیعت للچا گئی۔ جنسی خون نے کنپٹیوں، دل و دماغ اور آنکھوں میں گناہ کا اندھیرا تان دیا اور نفسانی خواہش کو ریزہ ریزہ کرنے کے لیے یک دم بیتابی ان پر غالب آگئی۔

پاشا ان سب کو اگلے چوک پر ڈراپ کر کے شادمان چوک واپس آیا اور باپردہ سارہ کے پاس کار کھڑی کر کے عنکبوت کی طرح ریشم میں لپٹی ہوئی چکنی چپڑی باتیں شروع کر دیں۔ "محترمہ گاڑی میں بیٹھ جایئے، میں آپ کو گھر میں ڈراپ کر دوں گا۔"

سارہ خاموش رہی۔

"محترمہ آج کل وقت ٹھیک نہیں ہے، رات بھی کافی بیت چکی ہے، گھبرائیے نہیں، بیٹھ جائیے۔"

سارہ پھر بھی خاموش کھڑی رہی۔

"میں شریف آدمی ہوں، گاڑی میں بیٹھ جائیے، گھبرائیے نہیں۔" پاشا نے ذرا الفاظ پر زور دے کر محبت سے کہا۔

"آپ زحمت نہ کریں، ہم چلے جائیں گے، آپ کا شکریہ۔" سارہ نے جواب دیا۔

"کل رات اسی وقت یہاں سے ایک عورت اغوا ہو گئی تھی۔ مجھے آپ کی فکر لاحق ہو گئی ہے۔ میں بہ حفاظت آپ کو آپ کے گھر پہنچا دوں گا۔" پاشا نے انتہائی ملائمت سے کہا۔

سارہ پاشا کی یہ بات سن کر ذرا ٹھٹھک گئی مگر خاموش رہی۔ پاس کھڑے ننھا ذہن رکھنے والے چھوٹے بھائی نے مشورہ دیتے ہوئے کہا، "باجی بیٹھ جاتے ہیں، ٹھنڈ بڑھ رہی ہے۔"

سارہ ابھی گومگو کی کیفیت میں تھی کہ پاشا نے کار کا پچھلا دروازہ کھول دیا اور ہاتھ کے اشارے سے بیٹھنے کو کہا۔

سارہ نہ چاہتے ہوئے بھی کار میں بیٹھ گئی۔ ابھی اس کا چھوٹا بھائی بیٹھنے بھی نہ پایا تھا کہ پاشا نے کار چلا دی اور تیزی سے ڈرائیو کرتے ہوئے اگلے چوک میں لے آیا، جہاں عورت کی ہوس کے پجاری اس کے دوست انتظار میں کھڑے تھے۔ ایک تو رات کا سناٹا، دوسرے لاقانونیت میں جکڑی ہوئی اکیلی عورت، ان شیطان کے چیلوں کے آگے کمزور پڑ گئی۔ وہ اپنا دفاع نہ کر سکی۔ سب کار میں بیٹھ کر اس کو اپنی کمین گاہ لے گئے اور جس ننگے پن نے ان کا دماغ خراب کیا ہوا تھا۔ سب نے اس کی تکمیل کے لیے اس سے اجتماعی

زیادتی کر دی۔

چھوٹے بھائی نے قریبی تھانے اور گھر میں اطلاع کی۔

پاشااور اس کے دوستوں نے ایک پاک دامن عورت کی عفت داغ دار کر کے ایک ویران سڑک پر پھینک دیا۔

سارہ گھر پہنچی تو اس کے ماں باپ بہن بھائیوں نے اس کو خوب برا بھلا کہااور اچھی خاصی سرزنش کی۔ سارہ کی رو رو کر سانسیں اُکھڑ گئیں۔ ایک تو اس کے ساتھ زیادتی ہوئی دوسرے اس کے ساتھ کسی نے ہم دردی بھی نہ کی۔

جب پولیس مذکورہ واقعے کی کارروائی کرنے گھر پہنچی تو انھوں نے بدنامی سے بچنے کے لیے مجرموں کے خلاف کوئی کاروائی نہ کرنے کا فیصلہ کیا اور اس جرم کی فائل بند کرواکے ہمیشہ کے لیے خاموشی اختیار کرلی۔

سارہ جو شرم وحیا کا پیکر اور چھوئی موئی کے پودے کی طرح سمٹ جایا کرتی تھی، غیر معمولی طور پر خاموش رہنے لگی۔ اب اس نے تتلیوں کی طرح چہکنا چھوڑ دیااور بے مقصد خیالوں میں گم رہنے لگی۔ اس واقعے اور گھر والوں کی طرف سے سرزنش سے اس کے کردار میں دراڑیں پڑ گئیں۔ غموں کی آسیب زدہ بیلیں اور دکھوں کے تناور درخت اس کے اندر اُگنے لگے۔ ایک دن گھر میں اس کے حاملہ ہونے کی چہ مگوئیاں ہونے لگیں۔ لیڈی ڈاکٹر نے بتایا کہ بات اس کے ہاتھ سے آگے نکل چکی ہے۔ سب نے فیصلہ کیا کہ حمل کو ضائع کرنا قتل کے برابر ہے، سارہ کو چھپا کر رکھا جائے اور سارہ کے ہاں پیدا ہونے والا بچہ کیوں کہ دنیا کی ذمہ داری ہے اسے دنیا کے حوالے کر کے چھٹکارہ حاصل کر لیا جائے۔ آخر کار سارہ نے ایک بے حد حسین بچی کو جنم دیا۔ گھر والے بچی کو فوراً ایک خانہ بدوش عورت کے حوالے کر آئے۔

چند برسوں بعد پاشا کا ضمیر بیدار ہوا اور اس کے دل میں زندگی کو گناہوں سے پاک کرنے کی رمک پیدا ہوئی کہ زندگی جنت اور دوزخ کا انتخاب کرنے کا راستہ ہے اور انسان کا سب سے بڑا گناہ اپنی مرضی سے زندگی بسر کرنا ہے۔ انسانی شکلوں سے مشابہت رکھنے کی بنا پر کوئی انسان نہیں بن جاتا جب تک انسانوں جیسا کردار نہ اپنایا جائے اور آج تک ہونے والی برائیاں بری صحبت کا نتیجہ ہیں۔ بری صحبت میں اچھے برے کی تمیز نہیں رہتی اور یہ انسان کو گناہوں کی طرف لے جاتی ہے۔ بری صحبت میں ہمیشہ دامن داغ دار رہتا ہے، اس کو اختیار کرنا برائی کی غلامی کرنا ہے۔ بری صحبت میں ہمیشہ اندھیرا رہتا ہے اس کی طرف روشنی نہیں آتی بلکہ انسان ہمیشہ بھٹکا رہتا ہے اور عورت کو ماں بہن بیٹی بنائے بغیر انسان کسی معاشرے میں عزت سے نہیں رہ سکتا۔ بگڑے ہوئے لوگ وہی ہوتے ہیں جن کی عورت ٹھیک طرح سے تربیت نہ کر سکے۔ لہٰذا پاشا نے برائی کو خیر باد کہنے کا فیصلہ کر لیا اور شادمان چوک کی مسجد میں نمار ادا کر کے سارا دن باہر بیٹھا رہتا۔

سارہ کو سب نے روند دیا۔ مایوسیوں اور پریشانیوں سے اس کے بالوں میں سفیدی اترنے لگی۔ بیچاری سارہ کو ہر جگہ قہر آلود اور میخ دار نظروں کا سامنا کرنا پڑتا۔ اس کی زندگی طعنہ و تشنیع سے بھر گئی۔ اس کی موجودگی سے لوگ کتراتے اور عورتیں اشاروں کنایوں میں باتیں کرتیں۔

جہاں سے سارہ کی ناموس کی بربادی کا آغاز ہوا تھا۔ ایک دن وہیں اس نے پاشا کو دیکھ لیا۔ سارہ نے جوتے اتار کر برسانے شروع کر دیے۔ جوتے برس رہے تھے اور پاشا بغیر مزاحمت کے خاموشی سے مار کھا رہا تھا۔ لوگ دیکھ رہے تھے۔ لوگوں نے پاشا کو پکڑ کر قریبی تھانے میں پیش کر دیا۔

اس نے عورت کی بے حرمتی کر کے عورت کی ذات پر ہونے والے سب سے بڑے

جرم کا اعتراف کر لیا اور تھانیدار سے یہ بھی کہا، "جس معاشرے میں عورت کا احترام نہیں ہو گا آسمان اس معاشرے پر کبھی رحمتیں نازل نہیں کرتا۔ کوئی معاشرہ اس وقت تک مہذب ہونے کا دعویٰ نہیں کر سکتا جب تک عورت کو اس میں تحفظ حاصل نہ ہو اور وہ سارہ سے شادی کر کے اپنے گناہوں کا کفارہ ادا کرنا چاہتا ہے۔

سارہ کی زندگی بدل گئی، اس میں بہار کا جھونکا آگیا۔ سارہ کے گھر والوں نے سارہ کو پاشا کے ساتھ رشتہ ازدواج میں منسلک کر دیا۔ سارہ نے پاشا کو ماضی کے بارے میں آگاہ کیا کہ اس کے ہاں اس کی غلطی کی وجہ سے ایک بچی نے جنم لیا تھا اور اس نے وہ بچی ایک خانہ بدوش عورت کو دے دی تھی۔

پاشا زیادہ گہری سوچوں میں کھو گیا۔ اس نے لڑکی کو تلاش کرنا شروع کر دیا اور کئی ہاتھوں سے گزر کر مطلوبہ پتہ حاصل کیا۔ جب پاشا دیے ہوئے پتے پر پہنچا تو ایک بڑے گھر کے باہر ایک پھول والا بیٹھا تھا۔ پاشا نے پھول والے کو پتہ دکھایا۔ پھول والے نے پتہ پکڑ کر کہا، "باؤجی میں آپ کو جانتا ہوں۔ آپ تو کئی سال سے شادمان چوک کی مسجد کے باہر بیٹھے رہتے ہیں۔ آپ تو تماشبین نہیں لگتے۔ خیر کوئی بات نہیں۔ یہاں ایک نئی سٹرپ ڈانسر طوائفہ آئی ہے۔ لوگ اس کی اداؤں پر مرمٹتے ہیں اور لاکھوں روپیہ اس پر نچھاور کر کے جاتے ہیں۔ مگر غریب کو کچھ نہیں دیتے۔ مگر۔۔۔

یہاں میرے روزانہ سارے پھول بک جاتے ہیں۔ نئی طوائفہ بائیس تئیس سال میں حسن کا طلسم لگتی ہے۔ اشاروں کنایوں میں تماش بینوں سے بات کرنے کی ماہر ہے۔ زبان سے رقص کرتے لفظوں سے جادو کر دیتی ہے۔ چہرے پر سادگی اور بھول پن ہے۔ مناسب قد کاٹھ اور بڑے شولڈر رکھنے والی لڑکی ہے۔ لمبی سبز آنکھیں اور چہرے کا رنگ گلابی ہے۔ لمبا ستواں ناک اور گلابی ہونٹ ہیں اور کیا خوب صورت سٹیپ کٹنگ بال ہیں

اس کے، جب لہراتے ہیں تو اس کے چہرے پر دل کش اتار چڑھاؤ پیدا کرتے ہیں۔ میں کیا بتاؤں آپ کو کس قدر خوب صورت ہے وہ۔ پھول والے نے حسرت سے ایک آہ بھری۔۔۔۔اور ڈانس کے بعد خوش قسمت پسینہ شبنم کے قطروں کی طرح اس کے بدن پر چمکتا رہتا ہے۔ ہر رنگ کا لباس اس کے جسم پر ایسے جچتا ہے جیسے ڈیزائنر نے اسی کے لیے تیار کیا ہے۔ حقیقت میں ایک خوشبودار اور سحر کرنے والی دوشیزہ ہے۔ دل پھینک اس کے آگے پیچھے منڈلاتے رہتے ہیں اور اس کو دیکھتے ہی اُس پر فدا ہو جاتے ہیں۔ ایڈورٹائزنگ ایجنسیاں اس پر لاکھوں روپیہ ہر وقت خرچ کرنے کے لیے تیار رہتی ہیں۔ آج بھی اس کا ماڈلنگ فوٹو سیشن ہو رہا ہے۔ یقین جانیے اس نے پبلک کو دیوانہ بنا رکھا ہے۔ اس کی اداؤں کی پورے شہر میں شہرت ہے۔ اس کے جسم، جوانی، گفتگو، ذہانت اور طریقے سلیقے میں روز بہ روز نکھار آتا جارہا ہے۔ انھی وجوہات کی بنا پر اس کو نکھار کے نام سے پکارا جاتا ہے۔

یہ کہہ کر پھول والے نے ایک نظر ہاتھ میں پکڑے ہوئے پتے پر ڈالی اور بے ساختہ کہا، "آپ کو بھی نکھار سے ملنا ہے۔"

پاشا نے ذرا آنکھیں نکال کر اس کی طرف دیکھا تو پھول والا ذرا روہانسی ہنسی ہنسا اور پتہ پاشا کی طرف بڑھاتے ہوئے کہا، "اندر چلے جائیے۔"

نکھار کے دل میں نہ ہی کبھی خیال پیدا ہوا نہ ہی کبھی سوچنے کا موقعہ ملا کہ اس کا کوئی رشتہ دار کیوں نہیں۔ نکھار کا عورت ہونے کے علاوہ دنیا سے کوئی رشتہ نہیں تھا۔ خریدنے والے اس کو دولت کی مشین سمجھتے تھے۔ بکنے کے علاوہ اور جاتی بھی کہاں۔ گندگی کی اس دلدل کے علاوہ اس کا کوئی گھر نہ تھا۔

پاشا اندر پہنچا تو ایک بڑے صوفے پر منہ میں پان دبائے ایک بڑی نائکہ بیٹھی تھی۔

پاشانے نائکہ کو بتایا کہ وہ اس طرح ڈھونڈتا ہوا یہاں پہنچا ہے اور نکھار کا باپ ہے۔"

"اس کی زندگی میں کئی باپ اور بھائی آئے اور منہ کالے کر کے چلے گئے۔ تم کہاں سے نئے باپ آگئے ہو۔" نائکہ نے کہا۔

"میں ہی اس کا حقیقی باپ ہوں۔" پاشانے جواب دیا۔

"میں اس کی ماں ہوں مجھے نہیں پتا اس کا باپ کون ہے، یہاں خواہ مخواہ اپنا ٹائم ضائع نہ کرو۔ اس کا وقت ہمارا ہے۔ ہم اس کی پبلسٹی پر لاکھوں روپیہ خرچ کرتے ہیں۔ وہ کسی باپ سے نہیں مل سکتی۔" نائکہ نے جواب دیا۔

"میں اس سے ضرور ملنا چاہوں گا۔" پاشانے اُکھڑا ہوا جواب دیا۔

"وہ اس وقت بھی مصروف ہے اور ہر وقت مصروف رہتی ہے۔ ایسا نہیں ہو سکتا۔" نائکہ نے جواب دیا۔

"صرف ایک بار ملوادیں۔" پاشانے التجائی انداز میں کہا۔

"خواہ مخواہ اپنا وقت ضائع کروگے۔" نائکہ نے ذرا تحکمانہ انداز میں کہا اور تھوڑی دیر رُک کر بولی، "آؤ میں تمھیں اس سے ملواتی ہوں۔"

نائکہ پاشا کو لے کر اندر ہال کمرے میں جارہی تھی۔ برآمدوں میں نکھار کی سٹرپ لباس میں تصویریں لگی تھیں۔ ہال کمرہ تماش بینوں سے بھرا ہوا تھا۔ یہاں اس کا ماڈلنگ فوٹو سیشن ہو رہا تھا۔ نکھار شراب اور اتراہٹ کے نشے میں دُھت لوگوں کے ہاتھوں میں کھیل رہی تھی۔ کبھی وہ ایک کے بازوؤں میں چلی جاتی کبھی وہ دوسرے کی گود میں بیٹھ جاتی۔ ٹانگوں پر لپٹے ہوئے کپڑے والی سلور رنگ کی چڈی اور بلاؤز چھاتیوں کے پسینے سے گیلا تھا۔ انتہائی مختصر لباس میں جسم کا خاصا حصہ ننگا تھا۔ تماش بین آنکھیں پھاڑ کر دیکھ رہے تھے۔

"نکھار۔" نائکہ نے آواز دی جو کہ اس وقت شمع محفل بنی ہوئی تھی۔ کمرے میں خاموشی چھاگئی۔

نکھار نے معنی خیز نظروں سے پاشا کی طرف دیکھا۔

"یہ شخص اپنے آپ کو تمھارا باپ کہتا ہے۔" نائکہ نے نکھار سے کہا۔

نکھار نے مسکرا کر پاشا کی طرف دیکھا۔ اس کی دل آویز مسکراہٹ روایتی پابندیوں کے خلاف بغاوت تھی۔ کہنے لگی، "تم کوئی نئے باپ آئے ہو، جو بھی مجھے خریدتا ہے، میرا باپ بن جاتا ہے، مجھے تو آج تک اپنے اصل مالک ہی کا پتا نہیں، باپ کا کیسے پتا چلے گا، میں تو بکاؤ مال ہوں، تم بھی خرید کر باپ بن جاؤ۔ میں تو کرائے کی جنسی تسکین کی مشین ہوں۔ میرا تقدس تو اجتماعی طور پر پائمال کیا جاتا ہے۔ میرا تو چہرہ ہی باعثِ تسکین ہے۔ میں تو صرف عیاشی حاصل کرنے کی مشین ہوں۔ مجھے بتاؤ، کیا مرد کے لیے صرف عورت کے پاس ہی محبت ہے۔ ٹوٹے ہوئے دلوں کو راحت فراہم کرنا میرا معمول ہے۔ لوگ مجھ میں سکون ڈھونڈتے ہیں اور میں لوگوں سے سکون کی بھیک مانگتی ہوں۔ میں کسی کی بیوی نہ بن سکی۔ بیوی گھر آباد کرتی ہے، طوائف گھروں کو برباد کرتی ہے۔ ان لوگوں کو دیکھو، یہ سب بیویوں کے ستائے ہوئے خاوند میرے یار ہیں۔"

پاشا ہکا بکا تھا، شرم سے اُس کی گردن جھکتی جارہی تھی اور وہ بولتی رہی:

"میں اپنے حقوق کے تحفظ کے نعرے ان لوگوں کی زبان سے بھی سنتی رہتی ہوں۔ میں تو انھی لوگوں کے لیے مخصوص ہو کر رہ گئی ہوں۔ تم میرے باپ کہاں سے آگئے۔ میں تو کسی کی بیٹی ہی نہیں۔ میں یہ لفظ سُن سُن کر تنگ آچکی ہوں۔ جاؤ، جاؤ دفعہ ہو جاؤ یہاں سے، جاؤ۔ نہیں تو میں اپنا چہرہ نوچ لوں گی۔" نکھار نے دکھ بھرے لہجے میں روتے ہوئے کہا اور ساتھ ہی اس نے پاشا کو ایک چانٹا رسید کر دیا۔

پاشا کھڑا رہنا چاہتا تھا۔ مگر نائکہ نکھار کے تیور دیکھ کر پاشا کو بازو سے پکڑ کر باہر لے آئی۔ پاشا کے ہلکے پھلکے پاؤں اب ذلت کے بھاری بوجھ سے اٹھ نہیں رہے تھے۔ وہ باہر آکر پھول والے کے پاس گر گیا۔

چند دن بعد نکھار نے خود کو کمرے میں بند کر کے گولی مار کر خودکشی کر لی۔ اس کے ہاتھ میں ایک تحریری نوٹ تھا۔ کاش میرا کوئی حقیقی باپ ہوتا۔

Ref.: caarwan.com

***